U0926689

三味书屋读鲁迅

鲁迅谈世间万物

刘晴／编著

云南出版集团公司
云南教育出版社

在我的后园，可以看见墙外有两株树，

一株是枣树，还有一株也是枣树。

北京鲁迅博物馆的观众群体是复杂的，除了熟悉鲁迅者以及崇拜鲁迅者外，还有一些参观者不能忽视——他们或者不是自愿而来，或者带着成见而来，他们的参观就可能成为敷衍了事，走个过场。因此，如何引发观众的兴趣，让他们既获得知识，又陶冶情操，至少是减少反感情绪，是讲解员和教育员面临的一个巨大挑战。如果讲得不好，没有关键知识点，缺少情绪兴奋点，观众，特别是小观众，就可能提不起劲儿，甚至会掉头而去。如何吸引小读者、小观众更多地认知鲁迅及其丰富的文学世界，是鲁迅博物馆讲解员和教育员工作的着力点。这就需要讲解员和教育员了解学生的知识水平，掌握学生想要了解什么，以及采取什么途径去了解。

刘晴同志作为北京鲁迅博物馆的讲解员和教育员，是三味书屋“跟着鲁迅读经典”课程的主讲人。她策划的鲁迅作品诵读、解说和教学活动，开展多年，取得了不菲的成绩。成果之一，就是编辑了这套适合青少年读者的六卷的鲁迅作品读本《三味书屋读鲁迅》。

希望青少年读者读了这套书后，再来参观鲁迅博物馆，陌生感会大大减少，亲切感会大大增加——这是我的期望。

——黄乔生

北京鲁迅博物馆副馆长、研究馆员

中国鲁迅研究会副会长兼秘书长

钱理群先生说过，鲁迅等源泉性文学家、思想家的作品应该成为国民的基本教材，家喻户晓。但入选中小学语文教科书的鲁迅作品非常有限，怎样才能使更多的人——尤其是孩子——更全面地了解鲁迅，更自然、更深切地走近鲁迅呢？刘晴老师进行了有益的尝试：选取适合学生阅读的50篇文章，大致按照由浅入深、由易到难、由趣及理的顺序组元，编排上既相对独立，又循序渐进，成为一个有机的整体。书中每一篇选文，无论意在点评的“读书知味”栏目，还是旨在赏析的“妙笔寻味”栏目，都是刘晴老师在花费数年心血研究解读中萃取的最精要的点，点拨要言不烦，四两拨千斤。

同时，这也是一套深得语文教育和语文课程真谛的教学用书。语文教育的主要任务是引领学生正确理解和运用祖国的语言文字，而鲁迅作品正是将祖国语言文字的抒情表意功能发挥到极致的典范。基于这种认识，刘晴老师在对每篇文章进行“妙笔寻味”之后，都设计了一个写作任务。这些任务，关注到学生的知识结构、成长经历、生活情趣、文化视野等诸多因素，凸显了情境性、开放性，选点求精，练点求实，以使其语言和思维水平一起提升，审美与文化素养共同增益。

——毕于阳

中国鲁迅研究会基础教育分会副会长

国家课程标准高中语文教科书核心编者

北京市语文特级教师

前言

鲁迅笔下的大自然，在他的小说和散文中，通常是对故事环境的描绘与渲染；但是在散文诗中，例如《秋夜》《雪》《腊叶》等，自然万物却频频以文章的“主要人物”出现。鲁迅笔下的纯粹写景的文章，都给看似无生命的自然万物赋予了动人的人格魅力。无论是“直刺着奇怪而高的天空”的枣树，还是“明眸似的向人凝视”的腊叶，又或者是“蓬勃地奋飞”的北国之雪，这些或诡异、或瑰丽、或壮美的景色描绘，把读者引入了鲁迅内心的情感世界。通过这些景物形象的塑造，鲁迅完成了自己与自己、自己与天地万物的心灵对话。

鲁迅曾自称身上有“鬼气”，少年时代从对“无常”“女吊”着迷，到亲身扮演鬼卒，听长辈讲鬼的故事与传说。尽管从小接触很多鬼故事，他却从来不怕鬼，在厦门任教时，鲁迅经常路过一片荒凉的坟地，他却只当是漫游，甚至还有一次一脚踢“飞”扮鬼的盗墓贼的经历。对于鬼，鲁迅只是把他们看作与死亡和生命对话的媒介，甚至把他们当朋友一样相处。鲁迅笔下的鬼，既有鬼蜮世界的神秘，也有人性的美好与可爱，还有把劳苦大众反抗压迫的理想附在鬼身上的间接体现。从“烈焰红唇”却要“讨替代”的女吊到铁面无私却不免心软的无常，这些带有明显绍兴文化印记的鬼，通过鲁迅家乡的社戏、迎神赛会出现在我们面前。最有特点的是，鲁迅把对鬼的描述与他对故乡绍兴“复仇”文化的诠释结合在一起，把绍兴的民风、民情，有声有色地展现出来，成为现代文坛不朽的文学形象。

鲁迅童年最初得到的宝书，就是古代地理历史神话集——有插图的《山海经》。这本书对鲁迅影响之大，不仅在于他写出了《阿长与〈山海经〉》，更在于他根据这本书中的神话，写就了大量“神话和史实的演义”（鲁迅语）。鲁迅先生也在无意中为我们开启了以现代人的视角“戏说”历史和神话的“先河”，在貌似游戏文字的情节中，却处处体现了“忠实”于原著的“严谨”：比如后羿射乌鸦，来源于太阳是三足金乌化身的神话；大禹是虫，他父亲是鱼，来源于对学者顾颉刚研究成果的调侃。与这些“严谨”相对的，则是作者大量掺杂的神人的“平庸”——射日英雄后羿，只能打来乌鸦做炸酱面，一样要听妻子的唠叨，被徒弟背叛，被民众忘却，像极了神话版的“中年危机”；治水的大禹，却被学者研究来研究去，成了大家眼里的一只虫子……总之，神奇与伟大，最后都被庸俗和无聊掩盖。这样的反差，让鲁迅的神话小说在神奇瑰丽之外，掺杂了荒诞、辛辣的冷嘲气质。

万物皆有灵，鬼神蕴人情，作者笔下的神鬼自然，不仅表现着社会与人性，同时也烙下了鲜明的鲁迅印记。鬼神文化，赋予鲁迅的不仅是天马行空的想象，还有人情的温暖与悲悯。

目录

001/ 补天

027/ 秋夜

037/ 雪

045/ 腊叶

053/ 无常

075/ 铸剑

121/ 奔月

151/ 理水

193/ 女吊

补天

鲁迅在《故事新编》序言中提到一个趣闻，文学家成仿吾在评论《呐喊》时，对鲁迅小说集《呐喊》中的其他小说都冠以“庸俗”的罪名，只对《不周山》(《补天》的原名)赞赏有加，在《呐喊》印行第二版时，鲁迅偏将这篇文章抽出，还说这样《呐喊》“只剩着‘庸俗’在跋扈了”。

⊙ 北京西三条鲁迅故居旧照

补天[1]

一

女娲[2]忽然醒来了。

伊[3]似乎是从梦中惊醒的，然而已经记不清做了什么梦；只是很懊恼，觉得有什么不足，又觉得有什么太多了。煽动的和风，暖暾[4]的将伊的气力吹得弥漫在宇宙里。

伊揉一揉自己的眼睛。

粉红的天空中，曲曲折折的漂着许多条石绿色的浮云，星便在那后面忽明忽灭的䀹[5]眼。天边的血红的云彩里有一个光芒四射的太阳，如流动的金球包在荒古的熔岩中；那一边，却是一个生铁一般的冷而且白的月亮。然而伊并不理会谁是下去，和谁是上来。

地上都嫩绿了，便是不很换叶的松柏也显得格外的娇嫩。

---

① 本篇最初发表于1922年12月1日北京《晨报四周纪念增刊》，题名《不周山》，曾收入《呐喊》；1930年1月《呐喊》第十三次印刷时，作者将此篇抽去，后改为现名，收入《故事新编》。

② 女娲：我国古代神话中的人类始祖。传说她用黄土造人，炼五彩石补天，是上古创世之神和大地之母。

③ 伊：女性第三人称代词。五四运动前后的文学作品中用“伊”专指女性，当时还未使用“她”字。

④ 暾（tūn）：刚出的太阳。

⑤ 䀹（shǎn）：睒的异体字。眼睛很快地开闭；眨眼。

⊙鲁迅藏北平笺谱之一

【读书知味】

“非常圆满而精力洋溢的臂膊”，她“向天打一个欠伸”，天空都能失了色，“化为神异的肉红”；她走到海边，大海的“波涛都惊异，起伏得很有秩序了”，女娲的美置于博大的天、海之间，让天、海都为之动容。壮丽的背景烘托出女娲充满着生命活力、壮健、积极向上的美，体现了女娲作为人类始祖的风貌。

>>

桃红和青白色的斗大的杂花，在眼前还分明，到远处可就成为斑斓的烟霭了。

“唉唉，我从来没有这样的无聊过！”伊想着，猛然间站立起来了，擎上那非常圆满而精力洋溢的臂膊，向天打一个欠伸[①]，天空便突然失了色，化为神异的肉红，暂时再也辨不出伊所在的处所。

伊在这肉红色的天地间走到海边，全身的曲线都消融在淡玫瑰似的光海里，直到身中央才浓成一段纯白。波涛都惊异，起伏得很有秩序了，然而浪花溅在伊身上。这纯白的影子在海水里动摇，仿佛全体都正在四面八方的迸散。但伊自己并没有见，只是不由的跪下一足，伸手掬起带水的软泥来，同时又揉捏几回，便有一个和自己差不多的小东西在两手里。

“阿，阿！”伊固然以为是自己做的，但也疑心这东西就白薯似的原在泥土里，禁不住很诧异了。

然而这诧异使伊喜欢，以未曾有的勇往和愉快继续着伊的事业，呼吸吹嘘着，汗混和着……

“Nga！ nga！”[②]那些小东西可是叫起来了。

“阿，阿！”伊又吃了惊，觉得全身的毛孔中无不有什么东西飞散，于是地上便罩满了乳白色的烟云，伊才定了神，那些小东西也住了口。

---

① 欠伸：打呵欠，伸懒腰。

② “Nga！ nga！”：同下文的“Akon，Agon！”“Uvu，Ahaha！”都是用拉丁字母拼写的象声词。“Nga！ nga！”译音似“嗯啊！嗯啊！”“Akon，Agon！”译音似“阿空，阿公！”“Uvu，Ahaha！”译音似“呜唔，啊哈哈！”

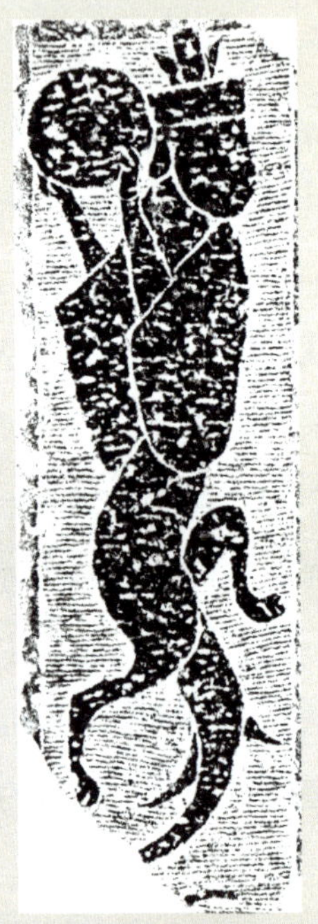

⊙ 鲁迅藏汉画像中的拓片女娲

【读书知味】

女娲创造人，最初也许只是一时无聊，就像人类的母亲在孕育小生命之时一样未必有多么崇高的想法。但是面对小生命的出生，女娲和人类的母亲一样有点迷茫，进而不自觉地充满了欣喜，全心关爱。正因为神性里显露出的人性之美，才让神性之美更加闪耀。 >>

“Akon，Agon！”有些东西向伊说。

“阿阿，可爱的宝贝。”伊看定他们，伸出带着泥土的手指去拨他肥白的脸。

“Uvu，Ahaha！”他们笑了。这是伊第一回在天地间看见的笑，于是自己也第一回笑得合不上嘴唇来。

伊一面抚弄他们，一面还是做，被做的都在伊的身边打圈，但他们渐渐的走得远，说得多了，伊也渐渐的懂不得，只觉得耳朵边满是嘈杂的嚷，嚷得颇有些头昏。

伊在长久的欢喜中，早已带着疲乏了。几乎吹完了呼吸，流完了汗，而况又头昏，两眼便蒙胧起来，两颊也渐渐的发了热，自己觉得无所谓了，而且不耐烦。然而伊还是照旧的不歇手，不自觉的只是做。

终于，腰腿的酸痛逼得伊站立起来，倚在一座较为光滑的高山上，仰面一看，满天是鱼鳞样的白云，下面则是黑压压的浓绿。伊自己也不知道怎样，总觉得左右不如意了，便焦躁的伸出手去，信手一拉，拔起一株从山上长到天边的紫藤，一房一房的刚开着大不可言的紫花，伊一挥，那藤便横搭在地面上，遍地散满了半紫半白的花瓣。

伊接着一摆手，紫藤便在泥和水里一翻身，同时也溅出拌着水的泥土来，待到落在地上，就成了许多伊先前做过了一般的小东西，只是大半呆头呆脑，獐头鼠目的有些讨厌。然而伊不暇理会这等事了，单是有趣而且烦躁，夹着恶作剧的将手只是抡，愈抡愈飞速了，那藤便拖泥带水的在地上滚，像一条给沸水烫伤了的赤练蛇。泥点也就暴雨似的从藤身上飞溅开来，

⊙ 北京西三条鲁迅故居

还在空中便成了哇哇地啼哭的小东西，爬来爬去的撒得满地。

伊近于失神了，更其抡，但是不独腰腿痛，连两条臂膊也都乏了力，伊于是不由的蹲下身子去，将头靠着高山，头发漆黑的搭在山顶上，喘息一回之后，叹一口气，两眼就合上了。紫藤从伊的手里落了下来，也困顿不堪似的懒洋洋的躺在地面上。

二

轰！！！

在这天崩地塌价的声音中，女娲猛然醒来，同时也就向东南方直溜下去了。[①]伊伸了脚想踏住，然而什么也踹不到，连忙一舒臂揪住了山峰，这才没有再向下滑的形势。

但伊又觉得水和沙石都从背后向伊头上和身边滚泼过去了，略一回头，便灌了一口和两耳朵的水，伊赶紧低了头，又只见地面不住的动摇。幸而这动摇也似乎平静下去了，伊向后一移，坐稳了身子，这才挪出手来拭去额角上和眼睛边的水，细看是怎样的情形。

情形很不清楚，遍地是瀑布般的流水；大概是海里罢，有几处更站起很尖的波浪来。伊只得呆呆的等着。

可是终于大平静了，大波不过高如从前的山，像是陆地的

---

① 这是关于共工怒触不周山的神话。共工和后文的颛顼，都是我国上古神话传说中的人物。共工对农业很重视，他有一项发展水利的计划，但遭到了颛顼的反对，共工为了表明自己的决心撞向了不周山。不周山拦腰折断，山体轰然崩塌，大地向东南方向塌陷，天空向西北方向倾倒，日月星辰都改变了位置。

⊙《毛诗品物图考》插图 鳖

处所便露出棱棱的石骨。伊正向海上看，只见几座山奔流过来，一面又在波浪堆里打旋子。伊恐怕那些山碰了自己的脚，便伸手将他们撮住，望那山坳里，还伏着许多未曾见过的东西。

伊将手一缩，拉近山来仔细的看，只见那些东西旁边的地上吐得很狼藉，似乎是金玉的粉末[①]，又夹杂些嚼碎的松柏叶和鱼肉。他们也慢慢的陆续抬起头来了，女娲圆睁了眼睛，好容易才省悟到这便是自己先前所做的小东西，只是怪模怪样的已经都用什么包了身子，有几个还在脸的下半截长着雪白的毛毛了，虽然被海水粘得像一片尖尖的白杨叶。

"阿，阿！"伊诧异而且害怕的叫，皮肤上都起粟，就像触着一支毛刺虫。

"上真[②]救命……"一个脸的下半截长着白毛的昂了头，一面呕吐，一面断断续续的说，"救命……臣等……是学仙的。谁料坏劫到来，天地分崩了。……现在幸而……遇到上真，……请救蚁命，……并赐仙……仙药……"他于是将头一起一落的做出异样的举动。

伊都茫然，只得又说，"什么？"

他们中的许多也都开口了，一样的是一面呕吐，一面"上真上真"的只是嚷，接着又都做出异样的举动。伊被他们闹得心烦，颇后悔这一拉，竟至于惹了莫名其妙的祸。伊无法可想的向四处看，便看见有一队巨鳌[③]正在海面上游玩，伊不由的喜

---

① 金玉的粉末：指道士服食的丹砂金玉之类的东西，道士认为服食后可以长生不老。
② 上真：道教称修炼得道的人为真人。上真即上仙，是一种尊称。
③ 巨鳌：传说中海里的大龟或大鳖。

⊙ 鲁迅藏汉画像

出望外了，立刻将那些山都搁在他们的脊梁上，嘱咐道，“给我驼到平稳点的地方去罢！”巨鳌们似乎点一点头，成群结队的驼远了。可是先前拉得过于猛，以致从山上摔下一个脸有白毛的来，此时赶不上，又不会凫水，便伏在海边自己打嘴巴。这倒使女娲觉得可怜了，然而也不管，因为伊实在也没有工夫来管这些事。

伊嘘一口气，心地较为轻松了，再转过眼光来看自己的身边，流水已经退得不少，处处也露出广阔的土石，石缝里又嵌着许多东西，有的是直挺挺的了，有的却还在动。伊瞥见有一个正在白着眼睛呆看伊；那是遍身多用铁片包起来的，脸上的神情似乎很失望而且害怕。

“那是怎么一回事呢？”伊顺便的问。

“呜呼，天降丧。”那一个便凄凉可怜的说，“颛顼不道，抗我后，我后躬行天讨，战于郊，天不祐德，我师反走，……”[①]

“什么？”伊向来没有听过这类话，非常诧异了。

“我师反走，我后爰[②]以厥首触不周之山[③]，折天柱，绝地维，我后亦殂落。呜呼，是实惟……”

“够了够了，我不懂你的意思。”伊转过脸去了，却又看见一个高兴而且骄傲的脸，也多用铁片包了全身的。

“那是怎么一回事呢？”伊到此时才知道这些小东西竟会

---

① 这是共工与颛顼之战中共工一方的话。后，君主，这里指共工。这几句和后面两处文言句子，都是模仿《尚书》一类古书的文字。

② 爰：于是。

③ 不周之山：即不周山，古代神话传说中的山名。《山海经·大荒西经》载：“西北海之外，大荒之隅，有山而不合，名曰不周。”

⊙ 晚年的成仿吾。鲁迅的第一个短篇小说集《呐喊》出版后不久，成仿吾认为，《呐喊》中的《狂人日记》等等，都是“自然主义”的、“浅薄”的、“庸俗”的作品，只有《不周山》（即《补天》），“虽然也还有不能令人满足的地方”，却是表示作者“要进而入纯文艺的宫廷”的“杰作”

变这么花样不同的脸，所以也想问出别样的可懂的答话来。

“人心不古，康回实有豕心，觑天位，我后躬行天讨，战于郊，天实祐德，我师攻战无敌，殛康回于不周之山。”[①]

“什么？”伊大约仍然没有懂。

“人心不古，……”

“够了够了，又是这一套！”伊气得从两颊立刻红到耳根，火速背转头，另外去寻觅，好容易才看见一个不包铁片的东西，身子精光，带着伤痕还在流血，只是腰间却也围着一块破布片。他正从别一个直挺挺的东西的腰间解下那破布来，慌忙系上自己的腰，但神色倒也很平淡。

伊料想他和包铁片的那些是别一种，应该可以探出一些头绪了，便问道：

“那是怎么一回事呢？”

“那是怎么一回事呵。”他略一抬头，说。

“那刚才闹出来的是？……”

“那刚才闹出来的么？”

“是打仗罢？”伊没有法，只好自己来猜测了。

“打仗罢？”然而他也问。

女娲倒抽了一口冷气，同时也仰了脸去看天。天上一条大裂纹，非常深，也非常阔。伊站起来，用指甲去一弹，一点不清脆，竟和破碗的声音相差无几了。伊皱着眉心，向四面察看一番，又想了一会，便拧去头发里的水，分开了搭在左右肩膀上，

① 这是颛顼一方的话。康回，共工名。后，这里指颛顼。

補天

一

女媧忽然醒來了。

伊似乎是從夢中驚醒的，然而已經記不清做了什麼夢；只是很懊惱，覺得有什麼不足，又覺得有什麼太多了。煽動的和風，溫暾的將伊的氣力吹得彌漫在宇宙裏。

伊揉一揉自己的眼睛。

⊙《补天》手稿

【读书知味】

前文白毛的仙人和满脸铁片的武士，想的都是怎么逃避，或者怎么推卸责任，女娲则第一时间想的是解决问题，并且是当机立断、全力以赴。“修补起来再说”的女娲，面对的却是人类的“冷笑，痛骂，或者抢回去，甚而至于还咬伊的手”。女娲的担当让那些只知空谈和指责的人类显得更为渺小。两者的对比，有着对现实的反讽。

打起精神来向各处拔芦柴：伊已经打定了“修补起来再说”[1]的主意了。

伊从此日日夜夜堆芦柴，柴堆高多少，伊也就瘦多少，因为情形不比先前，——仰面是歪斜开裂的天，低头是龌龊破烂的地，毫没有一些可以赏心悦目的东西了。

芦柴堆到裂口，伊才去寻青石头。当初本想用和天一色的纯青石的，然而地上没有这么多，大山又舍不得用，有时到热闹处所去寻些零碎，看见的又冷笑，痛骂，或者抢回去，甚而至于还咬伊的手。伊于是只好搀些白石，再不够，便凑上些红黄的和灰黑的，后来总算将就的填满了裂口，止要一点火，一熔化，事情便完成，然而伊也累得眼花耳响，支持不住了。

“唉唉，我从来没有这样的无聊过。”伊坐在一座山顶上，两手捧着头，上气不接下气的说。

这时昆仑山上的古森林的大火还没有熄，西边的天际都通红。伊向西一瞟，决计从那里拿过一株带火的大树来点芦柴积，正要伸手，又觉得脚趾上有什么东西刺着了。

伊顺下眼去看，照例是先前所做的小东西，然而更异样了，累累坠坠的用什么布似的东西挂了一身，腰间又格外挂上十几条布，头上也罩着些不知什么，顶上是一块乌黑的小小的长方板[2]，手里拿着一片物件，刺伊脚趾的便是这东西。

---

① 关于女娲炼石补天的神话，根据《淮南子·览冥训》等典籍记载：远古时代，四根天柱倾倒，九州大地裂毁，大火蔓延不熄，洪水泛滥不止。女娲不忍人类受灾，于是炼出五色石补好天空，折神鳖之足撑四极，平洪水杀猛兽，人类才得以安居。

② 长方板：古代帝王、诸侯礼冠顶上的饰板，古名为“延”，亦名“冕板”。

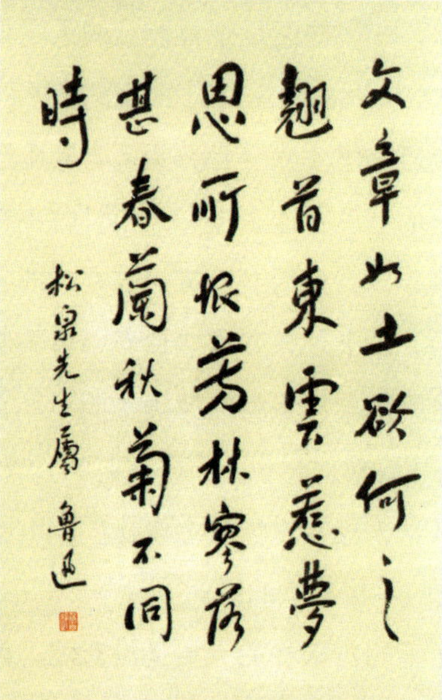

⊙鲁迅书法《偶成》

【读书知味】

舌头状的火焰，体现了火焰的形态和动态；重台花般柱状的火焰，冲起来甚至压倒了昆仑山上的红光，显示出火焰冲天的气势。把火焰置于宏大的背景之下，更加展现补天行动震天动地的伟力。

>>

那顶着长方板的却偏站在女娲的两腿之间向上看，见伊一顺眼，便仓皇的将那小片递上来了。伊接过来看时，是一条很光滑的青竹片，上面还有两行黑色的细点，比槲树叶上的黑斑小得多。伊倒也很佩服这手段的细巧。

“这是什么？”伊还不免于好奇，又忍不住要问了。

顶长方板的便指着竹片，背诵如流的说道，“裸裎淫佚，失德蔑礼败度，禽兽行。国有常刑，惟禁！”

女娲对那小方板瞪了一眼，倒暗笑自己问得太悖了，伊本已知道和这类东西扳谈[①]，照例是说不通的，于是不再开口，随手将竹片搁在那头顶上面的方板上，回手便从火树林里抽出一株烧着的大树来，要向芦柴堆上去点火。

忽而听到呜呜咽咽的声音了，可也是闻所未闻的玩艺，伊姑且向下再一瞟，却见方板底下的小眼睛里含着两粒比芥子还小的眼泪。因为这和伊先前听惯的“nga nga”的哭声大不同了，所以竟不知道这也是一种哭。

伊就去点上火，而且不止一地方。

火势并不旺，那芦柴是没有干透的，但居然也烘烘的响，很久很久，终于伸出无数火焰的舌头来，一伸一缩的向上舔，又很久，便合成火焰的重台花[②]，又成了火焰的柱，赫赫的压倒了昆仑山上的红光。大风忽地起来，火柱旋转着发吼，青的和杂色的石块都一色通红了，饴糖似的流布在裂缝中间，像一条

---

① 扳谈：扳，同“攀”，扳谈即攀谈，闲谈。
② 重台花：复瓣花。

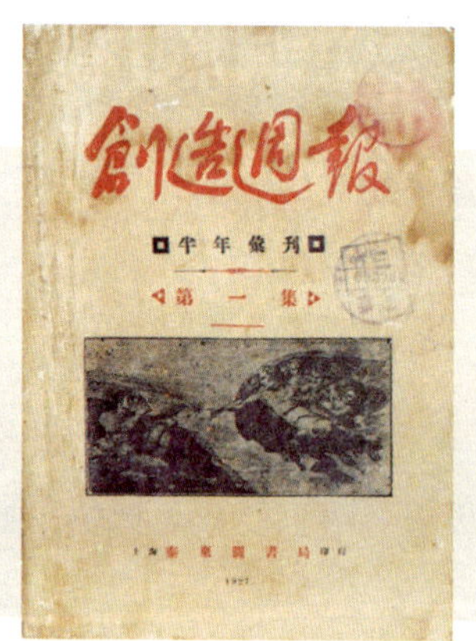

⊙《创造周报》

【读书知味】

天边的血红的云彩里的太阳，是金色的、流动的，熔岩一般的，而另一边则是生铁一般的、冷而且白的月亮。两者一热一冷、一动一静、一个亮色一个冷色，用亘古不变的日月来衬托已经用尽了自己一切的女娲的躯壳。太阳和月亮的两极，也是对女娲身上两种看似矛盾的精神特质的诠释。无论热烈还是冷静，这样的特质都指向伟大与永恒。 ››

不灭的闪电。

风和火势卷得伊的头发都四散而且旋转，汗水如瀑布一般奔流，大光焰烘托了伊的身躯，使宇宙间现出最后的肉红色。

火柱逐渐上升了，只留下一堆芦柴灰。伊待到天上一色青碧的时候，才伸手去一摸，指面上却觉得还很有些参差。

“养回了力气，再来罢。……”伊自己想。

伊于是弯腰去捧芦灰了，一捧一捧的填在地上的大水里，芦灰还未冷透，蒸得水澌澌的沸涌，灰水泼满了伊的周身。大风又不肯停，夹着灰扑来，使伊成了灰土的颜色。

“吁！……”伊吐出最后的呼吸来。

天边的血红的云彩里有一个光芒四射的太阳，如流动的金球包在荒古的熔岩中；那一边，却是一个生铁一般的冷而且白的月亮。但不知道谁是下去和谁是上来。这时候，伊的以自己用尽了自己一切的躯壳，便在这中间躺倒，而且不再呼吸了。

上下四方是死灭以上的寂静。

三

有一日，天气很寒冷，却听到一点喧嚣，那是禁军终于杀到了，因为他们等候着望不见火光和烟尘的时候，所以到得迟。他们左边一柄黄斧头，右边一柄黑斧头，后面一柄极大极古的大纛[①]，躲躲闪闪的攻到女娲死尸的旁边，却并不见有什么动静。他们就在死尸的肚皮上扎了寨，因为这一处最膏腴，他们检选

① 纛（dào）：古代军队里的大旗。

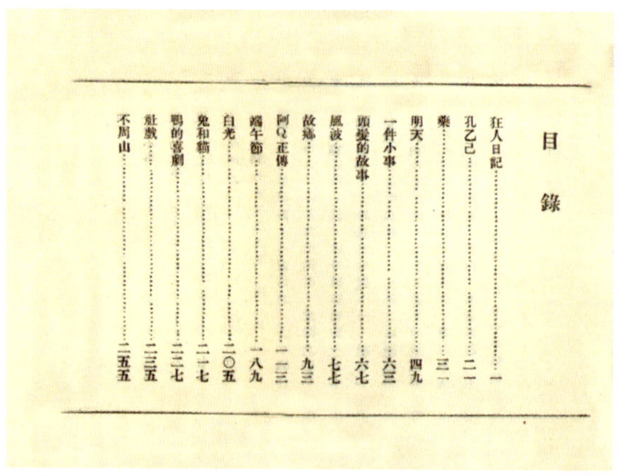
目錄

狂人日記……一
孔乙己……二一
藥……三一
明天……四九
一件小事……六三
頭髮的故事……六七
風波……七七
故鄉……九三
阿Q正傳……一一三
端午節……一八九
白光……二〇五
兔和貓……二一七
鴨的喜劇……二二七
社戲……二三五
不周山……二五五

⊙《呐喊》初版本扉页。《不周山》（后名《补天》）最初是收在《呐喊》文集中的，作为对成仿吾“赞赏”此篇小说的回应，第二版《呐喊》没有再收入

【读书知味】

文章结尾是非常具有鲁迅特性的结尾——伟大与永恒看似被庸俗无聊的虚伪混淆、淹没，曾经被诋毁与污蔑的英雄，变成了歪曲与利用的大旗和互相攻击的砝码。不过，作者还是在结尾恶作剧般地让驮山的大鳌扔下山走了，让真实的野蛮战胜了虚幻的无聊，也表现了作者对这些荒诞无聊的习惯势力的反抗。 >>

这些事是很伶俐的。然而他们却突然变了口风，说惟有他们是女娲的嫡派，同时也就改换了大纛旗上的科斗字[①]，写道“女娲氏之肠”[②]。

落在海岸上的老道士也传了无数代了。他临死的时候，才将仙山被巨鳌背到海上这一件要闻传授徒弟，徒弟又传给徒孙，后来一个方士想讨好，竟去奏闻了秦始皇，秦始皇便教方士去寻去[③]。

方士寻不到仙山，秦始皇终于死掉了；汉武帝又教寻，也一样的没有影[④]。

大约巨鳌们是并没有懂得女娲的话的，那时不过偶而凑巧的点了点头。模模胡胡的背了一程之后，大家便走散去睡觉，仙山也就跟着沉下了，所以直到现在，总没有人看见半座神仙山，至多也不外乎发见了若干野蛮岛。

一九二二年十一月作。

---

① 科斗字：古代文字，笔画头粗尾细，形如蝌蚪。

② “女娲氏之肠”：神名，据《山海经·大荒西经》中记载，有十位神人，名字叫女娲之肠，由女娲的肠子幻化而成。

③ 秦始皇寻仙山的故事，据《史记·秦始皇本纪》里记载，齐地人徐市等上书，说大海之中有三座神山，名叫蓬莱、方丈、瀛洲，有仙人居住在那里，希望能斋戒沐浴，带领童男童女前往求仙。于是秦始皇就派徐市挑选童男童女几千人，到海中去寻找仙人。但是很多年都没有消息。

④ 汉武帝寻仙山的故事，据《史记·封禅书》里记载，方士李少君对汉武帝说，他曾在海中游历，见到仙人安期生。安期生往来于蓬莱山中，缘分合就与人相见，不合就隐而不见，于是汉武帝开始派遣方士到海中寻找安期生等仙人。

妙笔寻味

《补天》除了正面赞颂女娲无私的奉献精神和积极向上的创造力之外，对那些整天夸夸其谈的封建卫道士、统治者的揭露，则是完全不同的画风。对于这样的风格，鲁迅曾在《写在〈坟〉后面》中说到，他要给憎恶他的人“增加一些呕吐”。因此从《补天》开始，鲁迅又写作了《铸剑》《理水》《奔月》等相似风格的历史神话小说，在古代和现代、神界和人间自由穿梭。在鲁迅的笔下，历史上那些道貌岸然的帝王将相、文人士大夫们，无不以滑稽可笑、荒唐猥琐的丑角面貌出现，让赞颂先贤的正剧，总会蒙上一层黑色幽默的荒诞色彩。

《哈利波特与阿兹卡班囚徒》中曾有这样一个情节——卢平教授辅导孩子们战胜总是变成他们心里最怕的事物的怪兽博格特时，秘诀就是在心中把这个东西想成滑稽可笑的样子——比如斯内普教授看着很可怕，但是如果他变成老太太的装扮，最怕他的学生也不会再害怕。对待那些顽固的黑暗势力，鲁迅非常清醒地认识到，和他们斗争绝对是一个漫长、艰辛并会有很多胜败交替的反复过程。对待这些中国传统的腐朽势力，他发现不仅可以愤怒指责和斗争，还有另外一个武器就是笑——嘲笑。在《补天》中，鲁迅把那些道貌岸然、高高在上的封建官僚、士大夫、卫道士、求仙之人，放在充盈天地间的女娲面前，在后者的对比下，前者就显得格外的渺小，因此这个时候，前者平日的高高在上、高深莫测、礼教教条，在高大、无私、从不知礼教教条为何物的女娲面前显得如此苍白无力。倘若前者教训的对象从女娲换作普通的百姓，同样的这一套喋喋不休的教训，一定会显得他们无比强大。但是鲁迅偏要"捣乱"，在前者面前放的是无论身形、地位、实力还是道德境界都碾压他们的女娲，就是要让前者一切的卖力表演在女娲的衬托下显得格外的猥琐、虚伪、不堪。

在战争中面对敌人，有一个说法是"战略上藐视敌人，战术上重视敌人"，鲁迅的文章恰恰体现了这点——不仅让民众意识到这些黑暗势力的冷酷和贪婪，也让民众认识到他们貌似强大、高贵面具背后的荒唐、无耻、色厉内荏。鲁迅的文字游戏，通常都会给他想讽刺的人群增添类似这样让他们尴尬不已、却又无法掩饰的"捣乱"

元素，从而让他们越一本正经地掩饰，越让旁观者觉得可笑，体现了漫画般的艺术效果。对于讽刺，鲁迅曾在《什么是“讽刺”？》中有这样的论述：

我想：一个作者，用了精炼的，或者简直有些夸张的笔墨——但自然也必须是艺术的地——写出或一群人的或一面的真实来，这被写的一群人，就称这作品为“讽刺”。

当鲁迅把这种讽刺的笔法提炼出来，和具有鲜明特点的场面放在一起时，就产生了强烈的戏剧效果。引人发笑的同时，更引人深思，嬉笑背后的怒骂，这就是鲁迅式讽刺强大的力量。

介绍一个让你害怕甚至恐惧的形象，然后把他想象成滑稽可笑的样子。两相对比之下，你感觉你的心理发生了什么变化呢？

秋夜

《秋夜》的场景，是鲁迅在阜成门内西三条21号的寓所内，透过当时的卧室兼工作室——“老虎尾巴”北面的大玻璃窗看到的。尽管作为文中主角的两株枣树早已枯死，但是院内还有一株鲁迅居住时就存在的枣树，仍然在秋夜里“铁似的直刺着奇怪而高的天空”。

⊙ 北京鲁迅故居后园

【读书知味】

“一株是枣树，还有一株也是枣树”，按通常的作文修改逻辑，似乎应该改成“两株都是枣树”。但是此处既有文章节奏的需要，也有作者故意制造不和谐氛围的需要，要和后文“奇怪而高的天空”“闪闪地映着几十个星星的眼，冷眼”，共同营造一种诡异、冷寂、不和谐的氛围。 >>

秋夜[1]

在我的后园，可以看见墙外有两株树，一株是枣树，还有一株也是枣树。

这上面的夜的天空，奇怪而高，我生平没有见过这样的奇怪而高的天空。他仿佛要离开人间而去，使人们仰面不再看见。然而现在却非常之蓝，闪闪地䀹着几十个星星的眼，冷眼。他的口角上现出微笑，似乎自以为大有深意，而将繁霜洒在我的园里的野花草上。

我不知道那些花草真叫什么名字，人们叫他们什么名字。我记得有一种开过极细小的粉红花，现在还开着，但是更极细小了，她在冷的夜气中，瑟缩地做梦，梦见春的到来，梦见秋的到来，梦见瘦的诗人将眼泪擦在她最末的花瓣上，告诉她秋虽然来，冬虽然来，而此后接着还是春，胡蝶乱飞，蜜蜂都唱起春词来了。她于是一笑，虽然颜色冻得红惨惨地，仍然瑟缩着。

枣树，他们简直落尽了叶子。先前，还有一两个孩子来打他们别人打剩的枣子，现在是一个也不剩了，连叶子也落尽了。他知道小粉红花的梦，秋后要有春；他也知道落叶的梦，春后

---

① 本篇最初发表于1924年12月1日《语丝》周刊第三期。

⊙ 曾放置在鲁迅书桌上的煤油灯

【读书知味】

枣树的枝子“默默地铁似的直刺着奇怪而高的天空”。而天空为了避开枣树的直刺，想离去人间，连月亮也脸色发白，“暗暗地躲到东边去了”，这一切与后文的恶鸟、夜半吃吃的笑声、旋高的灯火的带子、小飞虫在玻璃灯罩上的“丁丁地响”，都是在呼应枣树的直刺，让这直刺成为一种带有很强鼓舞性的力量的象征。 ››

还是秋。他简直落尽叶子，单剩干子，然而脱了当初满树是果实和叶子时候的弧形，欠伸得很舒服。但是，有几枝还低亚着，护定他从打枣的竿梢所得的皮伤，而最直最长的几枝，却已默默地铁似的直刺着奇怪而高的天空，使天空闪闪地鬼䀹眼；直刺着天空中圆满的月亮，使月亮窘得发白。

鬼䀹眼的天空越加非常之蓝，不安了，仿佛想离去人间，避开枣树，只将月亮剩下。然而月亮也暗暗地躲到东边去了。而一无所有的干子，却仍然默默地铁似的直刺着奇怪而高的天空，一意要制他的死命，不管他各式各样地䀹着许多蛊惑的眼睛。

哇的一声，夜游的恶鸟飞过了。

我忽而听到夜半的笑声，吃吃地，似乎不愿意惊动睡着的人，然而四围的空气都应和着笑。夜半，没有别的人，我即刻听出这声音就在我嘴里，我也即刻被这笑声所驱逐，回进自己的房。灯火的带子也即刻被我旋高了。

后窗的玻璃上丁丁地响，还有许多小飞虫乱撞。不多久，几个进来了，许是从窗纸的破孔进来的。他们一进来，又在玻璃的灯罩上撞得丁丁地响。一个从上面撞进去了，他于是遇到火，而且我以为这火是真的。两三个却休息在灯的纸罩上喘气。那罩是昨晚新换的罩，雪白的纸，折出波浪纹的叠痕，一角还画出一枝猩红色的栀子①。

猩红的栀子开花时，枣树又要做小粉红花的梦，青葱地弯

① 猩红色的栀子：栀子，一种常绿灌木，夏日开花，一般为白色或淡黄色；红色栀子花是罕见的品种。

秋夜

在我的後園，可以看見牆外有兩株樹，一株是棗樹，還有一株也是棗樹。

這上面的夜的天空，奇怪而高，我生平沒有見過這樣的奇怪而高的天空。他彷彿要離開人間而去，使人們仰面不再看見。然而現在卻非常之藍，閃閃地映着幾十個星星的眼，冷眼。他的口角上現出微笑，似乎自以爲大有深意，而將繁霜灑在我的園裏的野花草上。

我不知道那些花草真叫什麼名字，人們叫他們什麼名字。我記得有一種開過極細小的粉紅花，現在還開着，但是更極細小了，她

—1—

⊙《秋夜》初版本首页

【读书知味】

在主体色调如此清冷、诡异的氛围中，突然出现一枝画在灯罩上的、猩红色的栀子花，它和同样鲜艳的存在——苍翠的小青虫，形成呼应，为文章结尾增添了一抹亮色。小青虫为了光明的奋不顾身，和枣树仍然会拥有的小粉红花的梦，共同引领读者看到英勇牺牲者和不屈者对残酷、绝望环境的挑战，看到未来的美好和希望。

成弧形了……。我又听到夜半的笑声；我赶紧砍断我的心绪，看那老[1]在白纸罩上的小青虫，头大尾小，向日葵子似的，只有半粒小麦那么大，遍身的颜色苍翠得可爱，可怜。

我打一个呵欠，点起一支纸烟，喷出烟来，对着灯默默地敬奠这些苍翠精致的英雄们。

一九二四年九月十五日。

① 老：婉辞，死的意思。

妙笔寻味

这篇散文诗，是象征主义色彩很浓的作品，而且塑造的形象非常接地气——枣树、天空、星星、月亮、小粉红花、小青虫、煤油灯，都是日常生活中司空见惯的事物，但就是这些平常的事物，却在作者的笔下构成了极其神奇、瑰丽、独特的艺术情境，诗意盎然。面对这些平凡之物，作者是如何做到化平凡为神奇的，对于初学创作的我们，是很有借鉴意义的。

首先，作者运用颜色、距离和参照物，构成了一个极其空阔、深邃、高远的景深，从而让这一背景下的事物有了独特的气质。天空的颜色是“非常之蓝”，而“非常之蓝”的天空应该没有云彩，非常干净，因此对比与万物的距离，就显得“奇怪而高”。这一描写就把散文诗的景深扩大到整个苍穹，营造出一种宏大广阔之感。这个时候

“铁似的直刺着奇怪而高的天空”的枣树，在这一宏大背景衬托下，顽强挺立的姿态就格外令人印象深刻了。

其次，作者把个人的情绪、情感，融入到对具体的事物的叙述中，赋予了这篇散文诗中的事物以独立的人格，使事物似乎拥有了人类的生命，从而具有了强烈的象征意义。比如天上的星星，我们第一时间想到的也许是“一闪一闪亮晶晶”“牛郎织女天河配”，都是很明朗、令人愉悦的存在，作者却把星星的闪烁称为“鬼睒眼”，月亮的皎洁也写成了是被枣树的直刺“窘得发白”，作者对天空与星月的蔑视就从这些很“情绪化”的形容中自然流露出来。反之，小粉红花的抖动被形容为“瑟缩”地做梦：“梦见瘦的诗人将眼泪擦在她最末的花瓣上，告诉她秋虽然来，冬虽然来，而此后接着还是春，胡蝶乱飞，蜜蜂都唱起春词来了。她于是一笑，虽然颜色冻得红惨惨地，仍然瑟缩着。”如果去掉“小粉红花”，读者一定认为这是在描写一位单纯、脆弱、无助的少女，自然对小粉红花产生怜惜与保护的欲望。

最后，是各种角色对于主角的衬托。这里最精彩的是天空的回应——月亮与星星，看似高高在上的强大存在，表现出来的却是色厉内荏，愈发衬托出枣树的直刺天空的气势与力量。小粉红花的柔弱与天真，则衬托出拥有过小粉红花一样梦想的枣树的坚韧；小青虫的无畏与牺牲，则衬托出枣树的坚忍。猩红的栀子花很好地烘托了小青虫这一“苍翠精致的精灵”。夹杂在全文中的恶鸟的叫声、“我”的怪笑，都对全文营造的清冷、孤寂的氛围起到了渲染与烘托的作用。

总之，天地万物大多看起来是平常的，但是当它们和人的情绪、感情、思想相结合，同一事物就会有着完全不同的魅力。更好地投射情绪色彩到事物上，会让我们的文章更为生动可感，并能更好地抒发感情，表达我们的思想，让我们的文章更加意境深远。

以《秋夜》为题，写写你眼中的秋天的夜晚，注意通过景物描写传达自己的情感、思想。

雪

鲁迅生于江南，旅居北国。在他的眼中，江南的雪，滋润美艳之至；朔方的雪，如粉如沙。在这两种雪中，又蕴含着鲁迅的不同心境。“滋润美艳”的江南雪寄寓了他的憧憬与眷恋；“蓬勃地奋飞”的北国雪则抒发了他的战斗情怀。

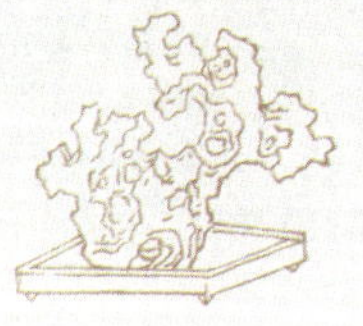

【读书知味】

作者把江南之雪作为一位少女来描绘，“滋润”和“美艳”是相得益彰的。血红、隐青、深黄、冷绿，这些颜色或温暖、或浓艳、或淡雅的花草，如果没有滋润洁白的雪做“背景画布”，一定少了很多风致；另一方面，如果没有花草的点缀，蜜蜂的飞舞，雪也少了一份生机勃勃。互相成就下来，果然是“极壮健的处子的皮肤”才能比肩。 >>

⊙ 北京鲁迅故居雪景

雪[①]

暖国[②]的雨，向来没有变过冰冷的坚硬的灿烂的雪花。博识的人们觉得他单调，他自己也以为不幸否耶？江南的雪，可是滋润美艳之至了；那是还在隐约着的青春的消息，是极壮健的处子的皮肤。雪野中有血红的宝珠山茶，白中隐青的单瓣梅花，深黄的磬口的蜡梅花[③]；雪下面还有冷绿的杂草。胡蝶确乎没有；蜜蜂是否来采山茶花和梅花的蜜，我可记不真切了。但我的眼前仿佛看见冬花开在雪野中，有许多蜜蜂们忙碌地飞着，也听得他们嗡嗡地闹着。

孩子们呵着冻得通红，像紫芽姜一般的小手，七八个一齐来塑雪罗汉。因为不成功，谁的父亲也来帮忙了。罗汉就塑得比孩子们高得多，虽然不过是上小下大的一堆，终于分不清是壶卢[④]还是罗汉；然而很洁白，很明艳，以自身的滋润相粘结，整个地闪闪地生光。孩子们用龙眼核给他做眼珠，又从谁的母亲的脂粉奁[⑤]中偷得胭脂来涂在嘴唇上。这回确是一个大阿罗汉

---

① 本篇最初发表于1925年1月26日《语丝》周刊第十一期。

② 暖国：指我国南方气候温暖的地区。

③ 磬口的蜡梅花：磬口梅，腊梅的一种。花瓣较圆，颜色深黄，盛开的时候也常常半含着。

④ 壶卢：即葫芦。

⑤ 脂粉奁：装胭脂和香粉的盒子，化妆盒的古代称谓。

⊙鲁迅藏日本版画家谷中安规作《泥和雪》

【读书知味】

无边的旷野，凛冽的天宇，在日光中发出的如包藏火焰的大雾，把雪置于北方荒野苍凉、雄浑的大画布之中，蓬勃纷飞之态被衬托得格外神采飞扬。这里的“孤独”，绝不是感怀伤世、“茕茕孑立，形影相吊”的悲凉凄惨的孤独，而是绝世独立、不屈从于流俗的坚韧的孤独。“死掉的雨”和“雨的精魂”更是把高尚的人格赋予这北国“孤独的雪”，气象扩大，足见作者胸怀。

>>

了。他也就目光灼灼地嘴唇通红地坐在雪地里。

第二天还有几个孩子来访问他；对了他拍手，点头，嘻笑。但他终于独自坐着了。晴天又来消释他的皮肤，寒夜又使他结一层冰，化作不透明的水晶模样；连续的晴天又使他成为不知道算什么，而嘴上的胭脂也褪尽了。

但是，朔方[①]的雪花在纷飞之后，却永远如粉，如沙，他们决不粘连，撒在屋上，地上，枯草上，就是这样。屋上的雪是早已就有消化了的，因为屋里居人的火的温热。别的，在晴天之下，旋风忽来，便蓬勃地奋飞，在日光中灿灿地生光，如包藏火焰的大雾，旋转而且升腾，弥漫太空，使太空旋转而且升腾地闪烁。

在无边的旷野上，在凛冽的天宇下，闪闪地旋转升腾着的是雨的精魂……

是的，那是孤独的雪，是死掉的雨，是雨的精魂。

一九二五年一月十八日。

---

① 朔方：北方。

妙笔寻味

《雪》是一篇优美与壮阔风格兼具的散文诗，是一位居住北国的南人，献给雪的一封情书。这篇文章的魅力在于，作者把雪作为一个整体的人物形象来塑造，让这篇散文诗无论是思想方面还是美学方面，都达到了一个后人很难企及的高峰。

南国的雪，作者更多的是在抒情，把自己对故乡的眷恋都融入了对南国雪的描写之中。因此，南国的雪在鲁迅的笔下，洁白、明艳。

南国的雪质感上，是“滋润美艳之至”“处子的皮肤”；在颜色上，洁白之中点缀着血红、隐青、深黄、冷绿，淡雅之中不失温暖。这里绝妙之处就在于“记不真切”是否有蜜蜂采蜜，但是在冬花雪野中蜜蜂忙碌飞着的场面，成为作者对江南雪景想象的“标配”，这就像风景画最后的几笔点染，寥寥数笔，就让充满静谧氛围的画面生机勃勃。

在“性格”方面，无论对于蝴蝶、蜜蜂，还是堆雪人的孩子，南国的雪都是那么温柔、友好，就连雪人都像一个爱美的女子，被孩子们涂上了妈妈妆奁中的“胭脂”。这一切的描写，明显具有女性慈爱的柔美，如果把这里的主角从雪换成一个少女，或者一位年轻的母亲，也没有一点违和感。江南的雪之于雪罗汉，就像重大体育赛事、博览会之于这些盛会上的吉祥物，江南雪的精灵以雪罗汉的形式“活”起来了！龙眼核做的眼珠和母亲的胭脂，则让这个孩子们与大人共同塑的雪罗汉，又笼罩着温暖的亲情，让江南的雪与浓浓的乡情又裹挟到了一起，分外的温暖。

与之相对的，北国的雪质感上就变成了如粉、如沙、决不粘连，不仅坚硬，而且不拖泥带水。在格局上，则是无边的旷野，凛冽的天宇，一变滋润美艳为苍茫壮阔。在雪的性格上，和南国雪对生物的温柔、友好不同，北国的雪蓬勃奋飞、灿灿生光，对天地万物无情扫荡，孤独中包藏着火焰，在摧枯拉朽的无情扫荡中旋转升腾，虽然是“死掉的雨”，却不屈地保留了“雨的精魂”。相对南国的雪，北国的雪明显和北方慷慨悲歌、刚健向上的男儿形象非常契合，从中也可充分感受到作者胸中不凡的沟壑。

如果说，南国的雪表达了作者对故乡、童年、母爱的眷恋，北国的雪则是他人生追求的自况。

自然现象是地球上大气流动造成的，把自然现象当作人物形象来塑造，不仅令创作者能自然地把自身的感情、思想、信念融入其中，同时也增强了读者的代入感，大大提升文章整体的意境和感染力。

选择一种自己喜欢的天气现象，试着把它作为一个人来描绘。

腊叶

鲁迅曾说《腊叶》是“为爱我者的想要保存我而作的”。这片斑斓的病叶，代表的是鲁迅饱经风霜而病弱的生命，鲁迅怜惜、爱护、珍藏病叶的心情，正是广大进步青年们对他的爱护和珍惜。只是生命的衰老和死亡本就是自然界的客观规律，鲁迅认为一个革命者能做的就是生命不息，战斗不止！

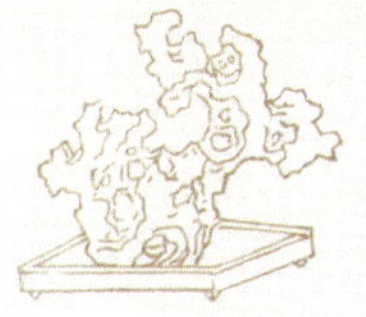

⊙鲁迅藏日本奥田辉一郎木刻《落叶与蜘蛛》

【读书知味】

偶然翻出的压干的枫叶，干枯的树叶和萧瑟秋景营造的既是回忆之景，也是回忆之情。这一切通过一片干枯的枫叶而连在一起，铺展出全文的情绪底色，意境深远。在一片浅绛、绯红和浓绿的耀眼颜色中，乌黑反而衬得更为显眼。用本为名词的“明眸”作形容词来描写“凝视”，打通了视觉和感官、人与物的界限，达到了物我两忘、情景交融的境界。 >>

腊叶[1]

灯下看《雁门集》[2]，忽然翻出一片压干的枫叶来。

这使我记起去年的深秋。繁霜夜降，木叶多半凋零，庭前的一株小小的枫树也变成红色了。我曾绕树徘徊，细看叶片的颜色，当他青葱的时候是从没有这么注意的。他也并非全树通红，最多的是浅绛[3]，有几片则在绯红地[4]上，还带着几团浓绿。一片独有一点蛀孔，镶着乌黑的花边，在红，黄和绿的斑驳中，明眸似的向人凝视。我自念：这是病叶呵！便将他摘了下来，夹在刚才买到的《雁门集》里。大概是愿使这将坠的被蚀而斑斓的颜色，暂得保存，不即与群叶一同飘散罢。

但今夜他却黄蜡似的躺在我的眼前，那眸子也不复似去年一般灼灼[5]。假使再过几年，旧时的颜色在我记忆中消去，怕连

---

① 本篇最初发表于1926年1月4日《语丝》周刊第六十期。作者在《〈野草〉英文译本序》中说："《腊叶》，是为爱我者的想要保存我而作的。"又，许广平在《因校对〈三十年集〉而引起的话旧》中说，"在《野草》中的那篇《腊叶》，那假设被摘下来夹在《雁门集》里的斑驳的枫叶，就是自况的"。

② 《雁门集》：诗词集，元代萨都剌（1307—1359）著。萨式为回族人，世居山西雁门，所以以此为书名。

③ 浅绛：绛，深红色；浅绛，中国山水画的表现形式，指在水墨勾勒渲染的基础上，敷设以赭石为主色。在此处是指暗棕红色。

④ 绯红地：此处的"地"即"底色"，指一种东西的衬托面，如"白地红花的碗"。

⑤ 灼灼：形容明亮。

⊙北京鲁迅故居的腊叶

【读书知味】

“年年岁岁花相似，岁岁年年人不同。”就算是同一个人，在相似的情境中，也会有不同的心境。感怀抒情之后，鲁迅仍然是那个感觉时间紧迫，“赶快做”的鲁迅。过去、现在、未来三个时空的交错，思绪又拉回到文章开头的场景，首尾相连，为这片病叶赋予了更为深远的意境。

我也不知道他何以夹在书里面的原因了。将坠的病叶的斑斓，似乎也只能在极短时中相对，更何况是葱郁的呢。看看窗外，很能耐寒的树木也早经秃尽了；枫树更何消说得。当深秋时，想来也许有和这去年的模样相似的病叶的罢，但可惜我今年竟没有赏玩秋树的余闲。

一九二五年十二月二十六日。

妙笔寻味

这篇散文诗从开头无意中翻出的干枯腊叶，引出去年深秋和这片病叶相逢的场景，最后又通过这片病叶回到现实，并延展到对未来的感叹。

本文整体的结构就像作者画的一个圆，框出了“画框”的同时，为我们绘出了萧瑟、冷寂的底色，这样的底色，让斑斓的病叶也染上了悲凉的色彩。但是这带有悲凉的斑斓，反而让顽强明眸的病叶卓尔不群，就算它褪去了神采，那一份顽强却深入了读者的内心。

有过绘画训练的同学应该都会有这样的体会：要强调一件物品的色调时，最好的方法是让这件物品的色调与背景形成鲜明的明暗对比，如果背景暗，主体物品色调就需要亮色；反之则需要主体物品是暗色。如果背景和主体都极尽鲜艳之能事，其结果就是“乱花渐欲迷人眼”。在《腊叶》

中，率先映入眼帘的是明艳的浅绛，还夹杂绯红和浓绿之色，整体呈现出亮色的背景。而这时出现的一片镶着乌黑花边，有着斑驳之色（红、黄、绿）的病叶，就显得极为与众不同。自然，它顺理成章地吸引了作者的注意，使作者生出“愿使这将坠的被蚀而斑斓的颜色，暂得保存”的念想。

同理，在抒写人物的情绪时，对比强烈的情绪、环境的烘托，也会对抒情起到事半功倍的效果。正是有了“东风夜放花千树”的热闹，才更能反衬出在“灯火阑珊处”的“那人”的卓尔不群。正是有了那一片腊叶随时光流转越发的孱弱，才更能让我们体会到其间散发出的自况意味。

无论是油画还是水墨画，传世的优秀画作往往注意在平面的画作中体现景物的“景深”。这篇散文诗虽然篇幅短小，却通过一片干枯的病叶，为我们营造了一个沟通时空的整体的情绪背景，传达出足够深远的意境。不仅如此，文中大量使用通感的手法，让情与景，物与“我”水乳交融，在时空间自然地铺展开来，展现了更为苍凉、高远的格局。

鲁迅的文学创作，尤其是散文诗创作，融入了色彩、线条、色调、明暗等诸多绘画表现方式，这些表现方式赋予鲁迅的文章以强烈的艺术感染力。鲁迅用他的创作实践，让我们看到了通过绘画艺术走进文学，是提高文学创作表现力的捷径。

请描写一片树叶，并通过色彩、色调的变化，抒写自己的一种心绪。

无常

鲁迅从不讳言自己身上是有鬼气的，让我们心生恐惧的无常，却成了他眼中的“小可爱”。鲁迅的弟弟周作人曾说过，不信“人死为鬼”，却相信“鬼后有人”。这也正是鲁迅的观点，鲁迅说鬼，说的不是迷信，而是藏在鬼故事背后的人情，是他对理想人性的追求。

⊙鲁迅笔名印谱"敖者"

【读书知味】

开篇点题，交代"无常"的民俗和神话背景。对于鬼物的描绘，无论是颜色、声音，还是扮演鬼物的演员，都有着浓浓的乡土色彩，固然粗鄙，却足够洒脱。用"不胜屏营待命之至"这样"庙堂礼仪"中的官话，来形容那些为孙儿祈福的念佛老妪，既有大词小用之下的反差的幽默，也写出了民间信仰实用主义浓厚的特点。正因为没了很多繁文缛节、教规圣训，反而在这粗鄙中透着庙堂之上没有的真诚、可爱。 >>

无常[1]

迎神赛会这一天出巡的神，如果是掌握生杀之权的，——不，这生杀之权四个字不大妥，凡是神，在中国仿佛都有些随意杀人的权柄似的，倒不如说是职掌人民的生死大事的罢，就如城隍和东岳大帝[2]之类，那么，他的卤簿[3]中间就另有一群特别的脚色：鬼卒，鬼王，还有活无常。

这些鬼物们，大概都是由粗人和乡下人扮演的。鬼卒和鬼王是红红绿绿的衣裳，赤着脚；蓝脸，上面又画些鱼鳞，也许是龙鳞或别的什么鳞罢，我不大清楚。鬼卒拿着钢叉，叉环振得琅琅地响，鬼王拿的是一块小小的虎头牌。据传说，鬼王是只用一只脚走路的；但他究竟是乡下人，虽然脸上已经画上些鱼鳞或者别的什么鳞，却仍然只得用了两只脚走路。所以看客对于他们不很敬畏，也不大留心，除了念佛老妪和她的孙子们为面面圆到[4]起见，也照例给他们一个“不胜屏营待命之至”[5]

---

① 本篇最初发表于1926年7月10日《莽原》半月刊第一卷第十三期。

② 东岳大帝：道教所奉的泰山神。旧时迷信传说泰山神掌管人的生死。元世祖至元二十八年（1291）尊为东岳天齐大生仁圣帝，简称东岳大帝。

③ 卤簿：封建时代帝王或大臣外出时的侍从仪仗队。

④ 圆到：指说话办事周全。

⑤ “不胜屏营待命之至”：旧时官府对上级呈文结束处的套语；这里用作肃立敬畏的意思。

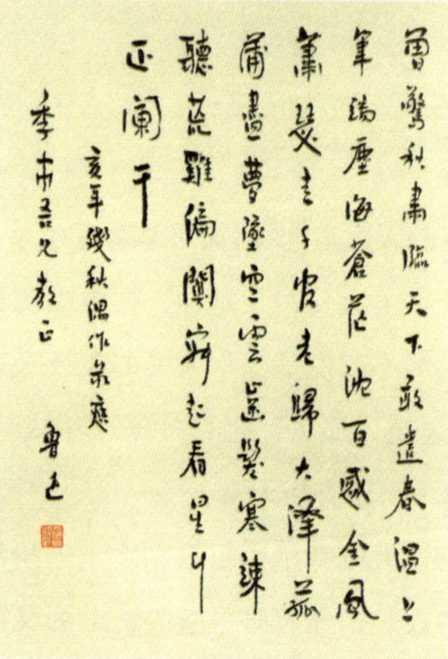

⊙鲁迅书法《亥年残秋偶作》

【读书知味】

这一段可以对照鲁迅手绘的“活无常图”阅读，体会鲁迅这段无常的肖像描写的传神。不同于鲁迅经常使用的白描，这里对于无常鬼的形象，不吝大段的渲染和烘托，“红红绿绿”之中的雪白，昏暗的庙宇里各色鬼怪之中手拿铁索、长而白、能吓死人的无常鬼，登场就让人印象深刻。 >>

的仪节。

至于我们——我相信：我和许多人——所最愿意看的，却在活无常。他不但活泼而诙谐，单是那浑身雪白这一点，在红红绿绿中就有“鹤立鸡群”之概。只要望见一顶白纸的高帽子和他手里的破芭蕉扇的影子，大家就都有些紧张，而且高兴起来了。

人民之于鬼物，惟独与他最为稔熟，也最为亲密，平时也常常可以遇见他。譬如城隍庙或东岳庙中，大殿后面就有一间暗室，叫作“阴司间”，在才可辨色的昏暗中，塑着各种鬼：吊死鬼，跌死鬼，虎伤鬼，科场鬼，……而一进门口所看见的长而白的东西就是他。我虽然也曾瞻仰过一回这“阴司间”，但那时胆子小，没有看明白。听说他一手还拿着铁索，因为他是勾摄生魂的使者。相传樊江[①]东岳庙的“阴司间”的构造，本来是极其特别的：门口是一块活板，人一进门，踏着活板的这一端，塑在那一端的他便扑过来，铁索正套在你脖子上。后来吓死了一个人，钉实了，所以在我幼小的时候，这就已不能动。

倘使要看个分明，那么，《玉历钞传》上就画着他的像，不过《玉历钞传》也有繁简不同的本子的，倘是繁本，就一定有。身上穿的是斩衰凶服[②]，腰间束的是草绳，脚穿草鞋，项挂纸锭[③]；手上是破芭蕉扇，铁索，算盘；肩膀是耸起的，头发却披下来；眉眼的外梢都向下，像一个“八”字。头上一顶长方

① 樊江：绍兴县城东二十里的一个乡镇。

② 斩衰凶服：封建丧制中规定的重孝丧服，用粗麻布裁制，不缝下边。

③ 纸锭：一种迷信用品，用纸或锡箔折成的元宝。旧俗认为焚化后可供死者在“阴间”使用。

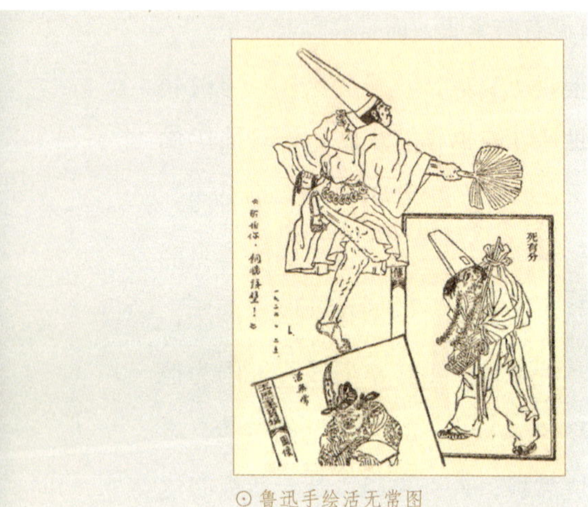

⊙ 鲁迅手绘活无常图

【读书知味】

对“死有分”的描写，仍然是对无常鬼的衬托，黑色与无常的白色，阴森面壁与无常的活跃，都形成了鲜明对比。无常鬼的雪白与鲜活也在这样的对比中再一次凸显出来。 >>

帽，下大顶小，按比例一算，该有二尺来高罢；在正面，就是遗老遗少们所戴瓜皮小帽的缀一粒珠子或一块宝石的地方，直写着四个字道："一见有喜"。有一种本子上，却写的是"你也来了"。这四个字，是有时也见于包公殿[①]的扁额上的，至于他的帽上是何人所写，他自己还是阎罗王，我可没有研究出。

《玉历钞传》上还有一种和活无常相对的鬼物，装束也相仿，叫作"死有分"。这在迎神时候也有的，但名称却讹作死无常了，黑脸，黑衣，谁也不爱看。在"阴司间"里也有的，胸口靠着墙壁，阴森森地站着；那才真真是"碰壁"[②]。凡有进去烧香的人们，必须摩一摩他的脊梁，据说可以摆脱了晦气；我小时也曾摩过这脊梁来，然而晦气似乎终于没有脱，——也许那时不摩，现在的晦气还要重罢，这一节也还是没有研究出。

我也没有研究过小乘佛教[③]的经典，但据耳食[④]之谈，则在印度的佛经里，焰摩天[⑤]是有的，牛首阿旁[⑥]也有的，都在地狱里做主任。至于勾摄生魂的使者的这无常先生，却似乎于古无征，耳所习闻的只有什么"人生无常"之类的话。大概这意思传到中国之后，人们便将他具象化了。这实在是我们中国

---

① 包公殿：供奉宋代包拯（999—1062）的庙宇。旧时迷信传说，包拯死后做了阎罗十殿中第五殿的阎罗王，东岳庙或城隍庙中供有他的神像。

② "碰壁"：在女师大学生反对校长杨荫榆的事件中，有教员阻挠学生，说"你们做事不要碰壁"。作者这里用这个词含有讽刺的意思。

③ 小乘佛教：早期佛教的主要流派，注重个人修行持戒，自我解脱，与大乘教派有别，自认为是佛教的正统派。

④ 耳食：指听到传闻不加审察就信以为真。

⑤ 焰摩天：指佛经中的"焰摩界"，即所谓轮回六道中的饿鬼道，它的主宰者是焰魔王，也就是阎罗王。

⑥ 牛首阿旁：佛教中指地狱里牛头、牛脚的鬼卒。

【读书知味】

作者进一步揭示了活无常在民间受欢迎的社会根源。“活着，苦着，被流言，被反噬”，公理只能期盼到阴间得到公正的审判，深刻地揭露了“正人君子”的虚伪和“愚民”生活的无望与悲惨。 >>

⊙ 绍兴东湖

人的创作。

然而人们一见他，为什么就都有些紧张，而且高兴起来呢？

凡有一处地方，如果出了文士学者或名流，他将笔头一扭，就很容易变成“模范县”[①]。我的故乡，在汉末虽曾经虞仲翔[②]先生揄扬过，但是那究竟太早了，后来到底免不了产生所谓“绍兴师爷”[③]，不过也并非男女老小全是“绍兴师爷”，别的“下等人”也不少。这些“下等人”，要他们发什么“我们现在走的是一条狭窄险阻的小路，左面是一个广漠无际的泥潭，右面也是一片广漠无际的浮砂，前面是遥遥茫茫荫在薄雾的里面的目的地”[④]那样热昏似的妙语，是办不到的，可是在无意中，看得往这“荫在薄雾的里面的目的地”的道路很明白：求婚，结婚，养孩子，死亡。但这自然是专就我的故乡而言，若是“模范县”里的人民，那当然又作别论。他们——敝同乡“下等人”——的许多，活着，苦着，被流言，被反噬，因了积久的经验，知道阳间维持“公理”的只有一个会[⑤]，而且这会的本身就是“遥遥茫茫”，于是乎势不得不发生对于阴间的神往。人是大抵自以为衔些冤抑的；活的“正人君子”们只能骗鸟，若问愚民，

---

① “模范县”：这里是对陈西滢的讽刺。陈西滢是无锡人，他在《现代评论》第二卷第三十七期（1925 年 8 月 22 日）《闲话》中曾说“无锡是中国的模范县”。

② 虞仲翔（164—233）：名翻，三国吴会稽余姚（今属浙江）人，经学家。

③ “绍兴师爷”：清代官署中承办刑事判牍的幕僚叫“刑名师爷”。一般善于舞文弄法，往往能左右人的祸福；当时绍兴籍的幕僚较多，所以有“绍兴师爷”之称。陈西滢在 1926 年 1 月 30 日《晨报副刊》上发表的《致志摩》信中曾讥讽鲁迅“有他们贵乡绍兴的刑名师爷的脾气”。

④ 出自陈西滢的《致志摩》。

⑤ 一个会：指 1925 年 12 月陈西滢等为支持当局压迫北京女师大学生和教育界进步人士而组织的“教育界公理维持会”。

⊙《莽原》封面

【读书知味】

用现实中论敌攻击自己的“名言”让无常拿着大算盘去算，一切绅士的臭架子在滴水不羼的公理面前显得非常苍白。“情面的末屑”，品味其中语言的味道，冷眼里又饱含着对百姓同情的热泪。 >>

他就可以不假思索地回答你：公正的裁判是在阴间！

想到生的乐趣，生固然可以留恋；但想到生的苦趣，无常也不一定是恶客。无论贵贱，无论贫富，其时都是“一双空手见阎王”[①]，有冤的得伸，有罪的就得罚。然而虽说是“下等人”，也何尝没有反省？自己做了一世人，又怎么样呢？未曾“跳到半天空”么？没有“放冷箭”[②]么？无常的手里就拿着大算盘，你摆尽臭架子也无益。对付别人要滴水不羼[③]的公理，对自己总还不如虽在阴司里也还能够寻到一点私情。然而那又究竟是阴间，阎罗天子，牛首阿旁，还有中国人自己想出来的马面[④]，都是并不兼差，真正主持公理的脚色，虽然他们并没有在报上发表过什么大文章。当还未做鬼之前，有时先不欺心的人们，遥想着将来，就又不能不想在整块的公理中，来寻一点情面的末屑，这时候，我们的活无常先生便见得可亲爱了，利中取大，害中取小，我们的古哲墨翟[⑤]先生谓之“小取”云。

在庙里泥塑的，在书上墨印的模样上，是看不出他那可爱来的。最好是去看戏。但看普通的戏也不行，必须看“大戏”或者“目连戏”[⑥]。目连戏的热闹，张岱[⑦]在《陶庵梦忆》上也

---

① “一双空手见阎王”：语见《何典》：“卖嘴郎中无好药，一双空手见阎王。”

② “放冷箭”：这也是陈西滢在《致志摩》中攻击鲁迅的话：“他没有一篇文章里不放几支冷箭。”

③ 羼（chàn）：掺杂。

④ 马面：迷信传说地狱中人身马头的狱卒。

⑤ 墨翟（约前468—前376）：春秋战国之际的鲁国人，曾为宋国大夫，我国古代思想家，墨家学派的创始人。他主张“兼爱”，反对战争。著有《墨子》十五卷，其中有《大取》《小取》两篇。

⑥ “大戏”或者“目连戏”：都是绍兴的地方戏。

⑦ 张岱（1597—1689）：字宗子，号陶庵，浙江山阴（今绍兴）人，明末文学家。

【读书知味】

没有铁索和算盘的无常，更突出了他最让人印象深刻的特点——雪白，衬着粉面朱唇，眉黑如漆，颜色的对比给了读者强烈的视觉冲击感。不知在笑还是在哭的一个莽汉，从颜色、动作、语言、神态各个方面提取令人印象深刻的特点，勾勒出一个有血有肉的无常鬼形象。 >>

⊙鲁迅与许广平于 1927 年 10 月 8 日住进景云里 23 号

曾夸张过，说是要连演两三天。在我幼小时候可已经不然了，也如大戏一样，始于黄昏，到次日的天明便完结。这都是敬神禳灾的演剧，全本里一定有一个恶人，次日的将近天明便是这恶人的收场的时候，“恶贯满盈”，阎王出票来勾摄了，于是乎这活的活无常便在戏台上出现。

我还记得自己坐在这一种戏台下的船上的情形，看客的心情和普通是两样的。平常愈夜深愈懒散，这时却愈起劲。他所戴的纸糊的高帽子，本来是挂在台角上的，这时预先拿进去了；一种特别乐器，也准备使劲地吹。这乐器好像喇叭，细而长，可有七八尺，大约是鬼物所爱听的罢，和鬼无关的时候就不用；吹起来，Nhatu，nhatu，nhatututuu 地响，所以我们叫它“目连嗐头”[①]。

在许多人期待着恶人的没落的凝望中，他出来了，服饰比画上还简单，不拿铁索，也不带算盘，就是雪白的一条莽汉，粉面朱唇，眉黑如漆，蹙着，不知道是在笑还是在哭。但他一出台就须打一百零八个嚏，同时也放一百零八个屁，这才自述他的履历。可惜我记不清楚了，其中有一段大概是这样：

“…………

大王出了牌票，叫我去拿隔壁的癞子。

问了起来呢，原来是我堂房的阿侄。

生的是什么病？伤寒，还带痢疾。

看的是什么郎中？下方桥的陈念义[②] la 儿子。

---

① “目连嗐头”：嗐头，绍兴方言，即号筒。“目连嗐头”是一种特别加长的号筒。
② 陈念义：清代嘉庆道光年间绍兴的名医。

⊙《〈朝花夕拾〉后记》手稿

【读书知味】

对于无常的描绘，此处不仅有唱词，最重要的是对唱词声音细节的描述，渲染了无常道白特有的韵味。前文写无常“鬼性”中的神奇，这里描写了无常“人性”的光辉，让这个形象更加血肉丰满。“那怕你，铜墙铁壁！那怕你，皇亲国戚！”好一个嫉恶如仇、铁面无私的无常！和面对冤死的普通百姓的同情形成了鲜明的对比，对比鲁迅“横眉冷对千夫指，俯首甘为孺子牛”的诗句，鲁迅喜欢无常不是没理由的。>>

开的是怎样的药方？附子，肉桂，外加牛膝。

第一煎吃下去，冷汗发出；

第二煎吃下去，两脚笔直。

我道 nga 阿嫂哭得悲伤，暂放他还阳半刻。

大王道我是得钱买放，就将我捆打四十！”

这叙述里的“子”字都读作入声。陈念义是越中的名医，俞仲华[①]曾将他写入《荡寇志》里，拟为神仙；可是一到他的令郎，似乎便不大高明了。la 者“的”也；“儿”读若“倪”，倒是古音罢；nga 者，“我的”或“我们的”之意也。

他口里的阎罗天子仿佛也不大高明，竟会误解他的人格，——不，鬼格。但连“还阳半刻”都知道，究竟还不失其“聪明正直之谓神”[②]。不过这惩罚，却给了我们的活无常以不可磨灭的冤苦的印象，一提起，就使他更加蹙紧双眉，捏定破芭蕉扇，脸向着地，鸭子浮水似的跳舞起来。

Nhatu，nhatu，nhatu — nhatu — nhatututuu！目连嗐头也冤苦不堪似的吹着。

他因此决定了：

“难是弗放者个！

那怕你，铜墙铁壁！

那怕你，皇亲国戚！

…………”

---

① 俞仲华（1794—1849）：名万春，字仲华，浙江山阴（今绍兴）人。他著的《荡寇志》一名《结水浒传》，长篇小说，共七十回（又结子一回），写梁山泊头领全部被宋王朝剿灭。

② “聪明正直之谓神”：语见《左传》庄公三十二年：“神，聪明正直而壹者也。”

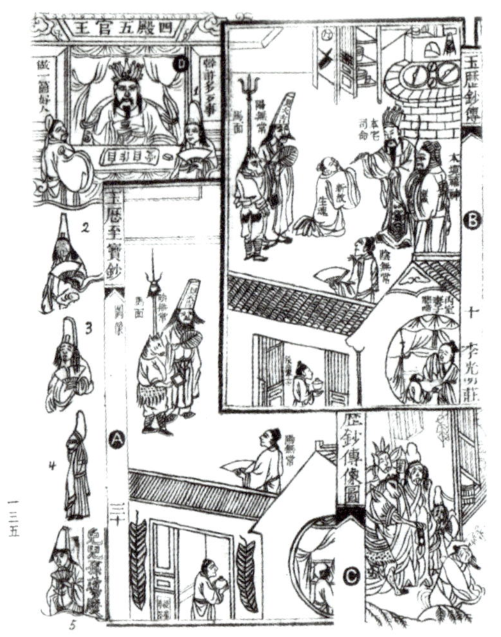

⊙《玉历钞传》上的活无常，死有分

【读书知味】

“这鬼而人，理而情，可怖而可爱”，是对无常形象的点睛之笔。百姓给无常娶媳妇，正体现了平民百姓对无常的喜爱。 ››

“难”者，“今”也；“者个”者，“的了”之意，词之决也。“虽有忮心，不怨飘瓦”[①]，他现在毫不留情了，然而这是受了阎罗老子的督责之故，不得已也。一切鬼众中，就是他有点人情；我们不变鬼则已，如果要变鬼，自然就只有他可以比较的相亲近。

我至今还确凿记得，在故乡时候，和“下等人”一同，常常这样高兴地正视过这鬼而人，理而情，可怖而可爱的无常；而且欣赏他脸上的哭或笑，口头的硬语与谐谈……。

迎神时候的无常，可和演剧上的又有些不同了。他只有动作，没有言语，跟定了一个捧着一盘饭菜的小丑似的脚色走，他要去吃；他却不给他。另外还加添了两名脚色，就是“正人君子”[②]之所谓“老婆儿女”[③]。凡“下等人”，都有一种通病：常喜欢以己之所欲，施之于人。虽是对于鬼，也不肯给他孤寂，凡有鬼神，大概总要给他们一对一对地配起来。无常也不在例外。所以，一个是漂亮的女人，只是很有些村妇样，大家都称她无常嫂；这样看来，无常是和我们平辈的，无怪他不摆教授先生的架子。一个是小孩子，小高帽，小白衣；虽然小，两肩

---

① “虽有忮心，不怨飘瓦”：语出《庄子·达生》。用在这里的意思是说，心里虽有愤恨，却也不好怨谁了。

② “正人君子”：这里的“正人君子”和下文的“教授先生”，指当时现代评论派中的胡适、陈西滢等人。他们在1925年北京女子师范大学风潮中，站在北洋政府一边，攻击鲁迅和女师大进步师生，拥护北洋军阀的《大同晚报》在同年8月7日的一篇报导中称他们为“正人君子”。

③ “老婆儿女”：陈西滢在《现代评论》第三卷第七十四期（1926年5月8日）的《闲话》中说：“家累日重，需要日多，才智之士，也没法可想，何况一般普通人。因此，依附军阀和依附洋人便成了许多人唯一的路径，就是有些志士，也常常未能免俗。……他们自己可以挨饿，老婆子女却不能不吃饭啊！就是那些直接或间接用苏俄金钱的人，也何尝不是如此。”

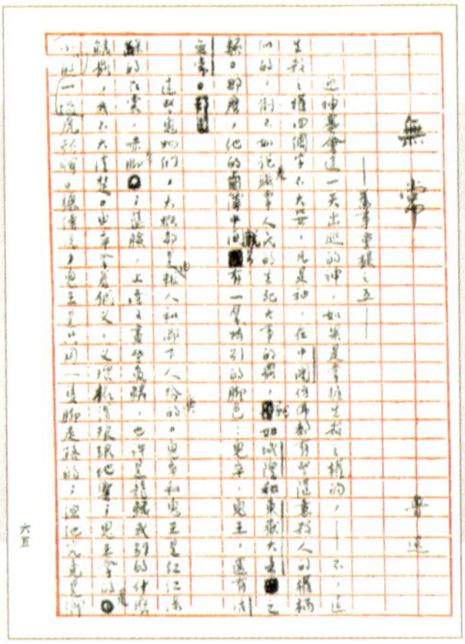

⊙《无常》手稿

【读书知味】

“锻成他拿卢布”中的“锻”字，用作动词时意为打铁，表现的是把金属放在火里烧，然后用锤子打的过程。“锻”字还有一个引申义则为罗织罪状，陷人于罪。这个引申义在《辞海》中还有，《现代汉语词典》中已经不见，用在此处十分传神。

却已经耸起了，眉目的外梢也向下。这分明是无常少爷了，大家却叫他阿领[①]，对于他似乎都不很表敬意；猜起来，仿佛是无常嫂的前夫之子似的。但不知何以相貌又和无常有这么像？吁！鬼神之事，难言之矣，只得姑且置之弗论。至于无常何以没有亲儿女，到今年可很容易解释了：鬼神能前知，他怕儿女一多，爱说闲话的就要旁敲侧击地锻成他拿卢布，所以不但研究，还早已实行了"节育"了。

这捧着饭菜的一幕，就是"送无常"。因为他是勾魂使者，所以民间凡有一个人死掉之后，就得用酒饭恭送他。至于不给他吃，那是赛会时候的开玩笑，实际上并不然。但是，和无常开玩笑，是大家都有此意的，因为他爽直，爱发议论，有人情，——要寻真实的朋友，倒还是他妥当。

有人说，他是生人走阴，就是原是人，梦中却入冥去当差的，所以很有些人情。我还记得住在离我家不远的小屋子里的一个男人，便自称是"走无常"，门外常常燃着香烛。但我看他脸上的鬼气反而多。莫非入冥做了鬼，倒会增加人气的么？吁！鬼神之事，难言之矣，这也只得姑且置之弗论了。

六月二十三日。

---

① 阿领：妇女再嫁时领（带）来的同前夫所生的孩子。

妙笔寻味

《无常》描述了鲁迅幼时在乡间迎神赛会和社戏舞台上所见的“无常”形象。鲁迅写过一系列和家乡绍兴的社戏、迎神赛会有关的作品，这是其中之一。这一形象在他的另一篇散文《女吊》（见本书第193页）中也有大段篇幅的描写，可见鲁迅对这一角色的喜爱。无常既不是人也不是一般的鬼，而是一个鬼王的形象，但就是这样一个象征死亡的恐怖鬼王，在鲁迅的笔下却是那么有声有色、亲切可爱。在他身上，鲁迅施了什么文学魔法呢？

首先，鲁迅从中国文化，特别是神话的根源中，带读者追根溯源，让我们看到一个文化的无常；接着，通过描写民俗活动中那个“活色生香”的无常，让读者感受到民间艺术赋予这一角色的魅力。一般写到这样的民间艺术形象，到此已经很完美了，鲁迅却笔头一转，从中国普通民众千百年的际遇出发，分析了无常看似恐怖，却受百姓欢迎的根源。既是写无常，何尝又不是借无常这一形象折射现实里中国民众千百年来有冤不得申的境遇呢？然后就是鲁迅擅长的对他亲历的社会现实的闲笔，可以说他是借写无常“敲打”那些和他论战的“正人君子”们，揭开他们虚伪丑陋的面目。联系作者对千百年来民众境遇的总结，这更可以说是对劳苦大众只能想象在鬼的世界求得正义与公平的不合理社会现实的控诉。

不仅如此，作者还借无常之口，表达了自己的理想：“那怕你，铜墙铁壁！那怕你，皇亲国戚！”大量唱词的引用，也是作者世界观的体现。他像普通民众一样，同样喜欢这个铁面无私又不乏人情味的无常，这里边也寄托了作者的社会理想。作者并没有过多的论述，只用民众千百年来传承的民间唱词本身，就有着足够的煽动性和感染力。这里边的真诚、生动、鲜活，是庙堂文学不能望其项背的。

从历史到文化，从神话到现实，从鬼神世界到普罗大众的遭遇，从民间艺术形象的唱词到抒发自己的世界观，鲁迅从文化的、历史的、民族性的、舞台的、民众参与的、现实的和内心互动的多重维度描绘了一个无常鬼王的形象，有文化、历史做支撑，奠定了这一形象的厚度；和现实的紧密联系，奠定了这一形象表现出来的现实意义；生动的舞台形象，奠定了这一形象的艺术光彩；对现实社会的折射与作者世界观的抒发，奠定了这一角色和人类情感与希望的共鸣。这样一个有文化没架子、接地气有原则的无常，无怪乎具有如此的魅力。无常在鲁迅的《女吊》中也是主要角色之一，对比来读，《女吊》更侧重于对舞台上无常的描绘，本文则更多地在写无常形象和中国民间文化及民情的互动与共生，借无常以抒写自己的世界观。两相对比，我们可以学习这两篇文章如何从不同角度选材来体现作者不同的写作目的。

我国在经历了几十年的现代化建设之后，开始有意识地回头看来时的路，从政府和民间两方面都开始有意识地拯救和挖掘中华民族千百年来埋藏在民间，历来被庙堂之上的“正人君子”们视作下里巴人的民间艺术，我们通常把它们归类到非物质文化遗产的文化宝库中。如何去粗取精，讲述好它们的故事，让它们焕发本来的光彩，鲁迅的文章是很有借鉴意义的。

请从文化、历史和现实三个角度出发，介绍一种令我们印象深刻的民间艺术。

铸剑

干将是楚国最有名的铁匠，他奉楚王命铸造了雌雄两柄宝剑。由于知道楚王性格乖戾，干将只把雌剑献给了楚王，而把雄剑托付妻子莫邪传给其子。其子成人后，终于完成父亲遗愿，为父报仇……这是我们从小听说过的神话传说，那么在鲁迅笔下，它又会焕发什么样的生机呢?

⊙相门，一称“匠门”，相传吴王阖闾曾命干将于此设炉铸剑，故又名“干将门”

【读书知味】

文章以眉间尺对待大老鼠开篇，在消灭老鼠和搭救老鼠两方面犹豫不定，奠定了他性格的两个特质：善良和犹豫，可作为重要线索理解后文。

>>

铸剑[1]

一

眉间尺[2]刚和他的母亲睡下，老鼠便出来咬锅盖，使他听得发烦。他轻轻地叱了几声，最初还有些效验，后来是简直不理他了，格支格支地径自咬。他又不敢大声赶，怕惊醒了白天做得劳乏，晚上一躺就睡着了的母亲。

许多时光之后，平静了；他也想睡去。忽然，扑通一声，惊得他又睁开眼。同时听到沙沙地响，是爪子抓着瓦器的声音。

"好！该死！"他想着，心里非常高兴，一面就轻轻地坐起来。

他跨下床，借着月光走向门背后，摸到钻火家伙，点上松明，向水瓮里一照。果然，一匹很大的老鼠落在那里面了；但是，存水已经不多，爬不出来，只沿着水瓮内壁，抓着，团团地转圈子。

"活该！"他一想到夜夜咬家具，闹得他不能安稳睡觉的

---

① 本篇最初发表于1927年4月25日、5月10日《莽原》半月刊第二卷第八、九期，原题为《眉间尺》。1932年编入《自选集》时改为现名。

② 眉间尺：传为春秋著名铸剑工匠干将、莫邪之子，名赤，因眉距广尺得名眉间尺。他为父复仇的传说在魏曹丕所著的《列异传》和晋代干宝所著的《搜神记》等书中都有记载。

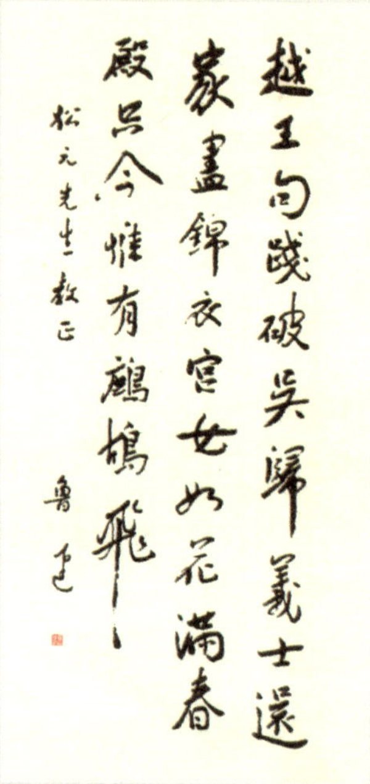

越王句踐破吳歸義士還
家盡錦衣宮女如花滿春
殿只今惟有鷓鴣飛
松元先生教正
魯迅

⊙ 鲁迅录李白《越中览古》赠日本友人松元三郎，书于 1931 年 3 月

【读书知味】

杀鼠——可怜鼠——救鼠——复杀鼠这一过程的多次反复，眉间尺的性格特征也在这样的反复中勾勒出来，成为他行动风格的根源，也为他能否完成复仇埋下悬念和隐忧。 >>

便是它们，很觉得畅快。他将松明插在土墙的小孔里，赏玩着；然而那圆睁的小眼睛，又使他发生了憎恨，伸手抽出一根芦柴，将它直按到水底去。过了一会，才放手，那老鼠也随着浮了上来，还是抓着瓮壁转圈子。只是抓劲已经没有先前似的有力，眼睛也淹在水里面，单露出一点尖尖的通红的小鼻子，咻咻地急促地喘气。

他近来很有点不大喜欢红鼻子的人。但这回见了这尖尖的小红鼻子，却忽然觉得它可怜了，就又用那芦柴，伸到它的肚下去，老鼠抓着，歇了一回力，便沿着芦干爬了上来。待到他看见全身，——湿淋淋的黑毛，大的肚子，蚯蚓似的尾巴，——便又觉得可恨可憎得很，慌忙将芦柴一抖，扑通一声，老鼠又落在水瓮里，他接着就用芦柴在它头上捣了几下，叫它赶快沉下去。

换了六回松明之后，那老鼠已经不能动弹，不过沉浮在水中间，有时还向水面微微一跳。眉间尺又觉得很可怜，随即折断芦柴，好容易将它夹了出来，放在地面上。老鼠先是丝毫不动，后来才有一点呼吸；又许多时，四只脚运动了，一翻身，似乎要站起来逃走。这使眉间尺大吃一惊，不觉提起左脚，一脚踏下去。只听得吱的一声，他蹲下去仔细看时，只见口角上微有鲜血，大概是死掉了。

他又觉得很可怜，仿佛自己作了大恶似的，非常难受。他蹲着，呆看着，站不起来。

“尺儿，你在做什么？”他的母亲已经醒来了，在床上问。

“老鼠……。”他慌忙站起，回转身去，却只答了两个字。

⊙北京大学红楼

【读书知味】

从坐在“灰白色”的月影里，到“仿佛身体都在颤动；低微的声音里，含着无限的悲哀”，使得眉间尺一时“冷得毛骨悚然”，而一转眼间，“又觉得热血在全身中忽然腾沸”。眉间尺母亲讲述的事件震撼力之大，完全是从眉间尺的视角和反应勾勒出来的，给人如在目前的感觉。

>>

“是的，老鼠。这我知道。可是你在做什么？杀它呢，还是在救它？”

他没有回答。松明烧尽了；他默默地立在暗中，渐看见月光的皎洁。

“唉！”他的母亲叹息说，“一交子时[①]，你就是十六岁了，性情还是那样，不冷不热地，一点也不变。看来，你的父亲的仇是没有人报的了。”

他看见他的母亲坐在灰白色的月影中，仿佛身体都在颤动；低微的声音里，含着无限的悲哀，使他冷得毛骨悚然，而一转眼间，又觉得热血在全身中忽然腾沸。

“父亲的仇？父亲有什么仇呢？”他前进几步，惊急地问。

“有的。还要你去报。我早想告诉你的了；只因为你太小，没有说。现在你已经成人了，却还是那样的性情。这教我怎么办呢？你似的性情，能行大事的么？”

“能。说罢，母亲。我要改过……。”

“自然。我也只得说。你必须改过……。那么，走过来罢。”

他走过去；他的母亲端坐在床上，在暗白的月影里，两眼发出闪闪的光芒。

“听哪！”她严肃地说，“你的父亲原是一个铸剑的名工，天下第一。他的工具，我早已都卖掉了来救了穷了，你已经看不见一点遗迹；但他是一个世上无二的铸剑的名工。二十年前，

---

① 子时：我国古代用十二地支（子、丑、寅、卯、辰、巳、午、未、申、酉、戌、亥）记时，从夜里十一点到次晨一点称为子时。

⊙虎丘剑池

【读书知味】

白气、被染成绯红色的住所、震动的大地，侧面烘托宝剑的神采，最后又变为生铁时纯青的颜色，形成一个颜色的轮回。 >>

王妃生下了一块铁[1]，听说是抱了一回铁柱之后受孕的，是一块纯青透明的铁。大王知道是异宝，便决计用来铸一把剑，想用它保国，用它杀敌，用它防身。不幸你的父亲那时偏偏入了选，便将铁捧回家里来，日日夜夜地锻炼，费了整三年的精神，炼成两把剑。

“当最末次开炉的那一日，是怎样地骇人的景象呵！哗拉拉地腾上一道白气的时候，地面也觉得动摇。那白气到天半便变成白云，罩住了这处所，渐渐现出绯红颜色，映得一切都如桃花。我家的漆黑的炉子里，是躺着通红的两把剑。你父亲用井华水[2]慢慢地滴下去，那剑嘶嘶地吼着，慢慢转成青色了。这样地七日七夜，就看不见了剑，仔细看时，却还在炉底里，纯青的，透明的，正像两条冰。

“大欢喜的光采，便从你父亲的眼睛里四射出来；他取起剑，拂拭着，拂拭着。然而悲惨的皱纹，却也从他的眉头和嘴角出现了。他将那两把剑分装在两个匣子里。

“‘你只要看这几天的景象，就明白无论是谁，都知道剑已炼就的了。’他悄悄地对我说。‘一到明天，我必须去献给大王。但献剑的一天，也就是我命尽的日子。怕我们从此要长别了。’

“‘你……。’我很骇异，猜不透他的意思，不知怎么说的好。我只是这样地说：‘你这回有了这么大的功劳……。’

“‘唉！你怎么知道呢！’他说。‘大王是向来善于猜疑，

---

① 王妃生下了一块铁：出自清代陈元龙撰《格致镜原》卷三十四引《列士传》：“楚王夫人于夏纳凉，抱铁柱，心有所感，遂怀孕，产一铁；王命莫邪铸为双剑。”

② 井华水：清晨第一次汲取的井水。

【读书知味】

“全身都如烧着猛火”，甚至觉得“每一枝毛发上都仿佛闪出火星来”的眉间尺，拿到的却是触着冷如冰雪，颜色也是纯青透明的剑，一冷一热的对比，暗示着复仇的热情和报仇需要的冷静，是一对矛盾的统一体。

››

⊙ 鲁迅藏武藤完一作藏书票

又极残忍的。这回我给他炼成了世间无二的剑，他一定要杀掉我，免得我再去给别人炼剑，来和他匹敌，或者超过他。'

“我掉泪了。

“‘你不要悲哀。这是无法逃避的。眼泪决不能洗掉运命。我可是早已有准备在这里了！’他的眼里忽然发出电火似的光芒，将一个剑匣放在我膝上。‘这是雄剑。’他说。‘你收着。明天，我只将这雌剑献给大王去。倘若我一去竟不回来了呢，那是我一定不再在人间了。你不是怀孕已经五六个月了么？不要悲哀；待生了孩子，好好地抚养。一到成人之后，你便交给他这雄剑，教他砍在大王的颈子上，给我报仇！’”

“那天父亲回来了没有呢？”眉间尺赶紧问。

“没有回来！”她冷静地说。“我四处打听，也杳无消息。后来听得人说，第一个用血来饲你父亲自己炼成的剑的人，就是他自己——你的父亲。还怕他鬼魂作怪，将他的身首分埋在前门和后苑了！”

眉间尺忽然全身都如烧着猛火，自己觉得每一枝毛发上都仿佛闪出火星来。他的双拳，在暗中捏得格格地作响。

他的母亲站起了，揭去床头的木板，下床点了松明，到门背后取过一把锄，交给眉间尺道：“掘下去！”

眉间尺心跳着，但很沉静的一锄一锄轻轻地掘下去。掘出来的都是黄土，约到五尺多深，土色有些不同了，似乎是烂掉的材木。

“看罢！要小心！”他的母亲说。

眉间尺伏在掘开的洞穴旁边，伸手下去，谨慎小心地撮开

⊙ 相门

【读书知味】

眉间尺夜晚翻来覆去，总想坐起来，清晨又是肿着眼眶出门，包括母亲的叹息，都在说明眉间尺并没有因为决定舍身报仇，马上克服性格弱点，变得坚毅。这符合人物性格发展的正常逻辑，如果他这个时候在性格上立刻有脱胎换骨的变化，反而不正常。不能立刻克服弱点的眉间尺反而让读者觉得真实、鲜活、亲切。

››

烂树，待到指尖一冷，有如触着冰雪的时候，那纯青透明的剑也出现了。他看清了剑靶，捏着，提了出来。

窗外的星月和屋里的松明似乎都骤然失了光辉，惟有青光充塞宇内。那剑便溶在这青光中，看去好像一无所有。眉间尺凝神细视，这才仿佛看见长五尺余，却并不见得怎样锋利，剑口反而有些浑圆，正如一片韭叶。

“你从此要改变你的优柔的性情，用这剑报仇去！”他的母亲说。

“我已经改变了我的优柔的性情，要用这剑报仇去！”

“但愿如此。你穿了青衣，背上这剑，衣剑一色，谁也看不分明的。衣服我已经做在这里，明天就上你的路去罢。不要记念我！”她向床后的破衣箱一指，说。

眉间尺取出新衣，试去一穿，长短正很合式。他便重行叠好，裹了剑，放在枕边，沉静地躺下。他觉得自己已经改变了优柔的性情；他决心要并无心事一般，倒头便睡，清晨醒来，毫不改变常态，从容地去寻他不共戴天的仇雠。

但他醒着。他翻来复去，总想坐起来。他听到他母亲的失望的轻轻的长叹。他听到最初的鸡鸣；他知道已交子时，自己是上了十六岁了。

二

当眉间尺肿着眼眶，头也不回的跨出门外，穿着青衣，背着青剑，迈开大步，径奔城中的时候，东方还没有露出阳光。杉树林的每一片叶尖，都挂着露珠，其中隐藏着夜气。但是，

⊙《萌芽月刊》封面

【读书知味】

一排排伸着脖子呆看的看客，是鲁迅小说中经常出现的群体。在这几段文字中，鲁迅几次提到伸长的脖子，这样的线条描写有一种漫画式的冷嘲风格。看客、武人、坐着车的满脸油汗的人和国王，这几组形象都代表了什么阶层的人，可以试加分析。

>>

待到走到树林的那一头，露珠里却闪出各样的光辉，渐渐幻成晓色了。远望前面，便依稀看见灰黑色的城墙和雉堞[①]。

和挑葱卖菜的一同混入城里，街市上已经很热闹。男人们一排一排的呆站着；女人们也时时从门里探出头来。她们大半也肿着眼眶；蓬着头；黄黄的脸，连脂粉也不及涂抹。

眉间尺预觉到将有巨变降临，他们便都是焦躁而忍耐地等候着这巨变的。

他径自向前走；一个孩子突然跑过来，几乎碰着他背上的剑尖，使他吓出了一身汗。转出北方，离王宫不远，人们就挤得密密层层，都伸着脖子。人丛中还有女人和孩子哭嚷的声音。他怕那看不见的雄剑伤了人，不敢挤进去；然而人们却又在背后拥上来。他只得宛转地退避；面前只看见人们的背脊和伸长的脖子。

忽然，前面的人们都陆续跪倒了；远远地有两匹马并着跑过来。此后是拿着木棍，戈，刀，弓弩，旌旗的武人，走得满路黄尘滚滚。又来了一辆四匹马拉的大车，上面坐着一队人，有的打钟击鼓，有的嘴上吹着不知道叫什么名目的劳什子[②]。此后又是车，里面的人都穿画衣，不是老头子，便是矮胖子，个个满脸油汗。接着又是一队拿刀枪剑戟的骑士。跪着的人们便都伏下去了。这时眉间尺正看见一辆黄盖的大车驰来，正中坐着一个画衣的胖子，花白胡子，小脑袋；腰间还依稀看见佩着

---

① 雉堞：城墙上排列如齿状的矮墙，俗称城垛。

② 劳什子：北方方言，指物件，含有轻蔑、厌恶的意思。

⊙鲁迅藏北平笺谱之一

【读书知味】

本来是血脉偾张的报仇正剧，却突然闯入了无赖愚民纠缠不清，充满了后现代风格的解构与荒诞感。在文章节奏上，紧绷中突然加入相对轻松的情节，是后边高潮情节之前相对舒缓的蓄势。 >>

和他背上一样的青剑。

他不觉全身一冷，但立刻又灼热起来，像是猛火焚烧着。他一面伸手向肩头捏住剑柄，一面提起脚，便从伏着的人们的脖子的空处跨出去。

但他只走得五六步，就跌了一个倒栽葱，因为有人突然捏住了他的一只脚。这一跌又正压在一个干瘪脸的少年身上；他正怕剑尖伤了他，吃惊地起来看的时候，肋下就挨了很重的两拳。他也不暇计较，再望路上，不但黄盖车已经走过，连拥护的骑士也过去了一大阵了。

路旁的一切人们也都爬起来。干瘪脸的少年却还扭住了眉间尺的衣领，不肯放手，说被他压坏了贵重的丹田[①]，必须保险，倘若不到八十岁便死掉了，就得抵命。闲人们又即刻围上来，呆看着，但谁也不开口；后来有人从旁笑骂了几句，却全是附和干瘪脸少年的。眉间尺遇到了这样的敌人，真是怒不得，笑不得，只觉得无聊，却又脱身不得。这样地经过了煮熟一锅小米的时光，眉间尺早已焦躁得浑身发火，看的人却仍不见减，还是津津有味似的。

前面的人圈子动摇了，挤进一个黑色的人来，黑须黑眼睛，瘦得如铁。他并不言语，只向眉间尺冷冷地一笑，一面举手轻轻地一拨干瘪脸少年的下巴，并且看定了他的脸。那少年也向他看了一会，不觉慢慢地松了手，溜走了；那人也就溜走了；看的人们也都无聊地走散。只有几个人还来问眉间尺的年纪，

---

① 丹田：道家把人身脐下三寸的地方称为丹田，据说这个部位受伤，可以致命。

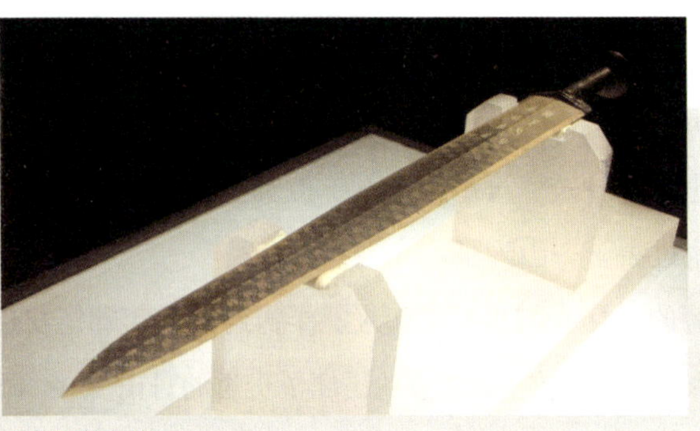

⊙越王勾践剑

【读书知味】

黑夜中的黑色人，眼睛像两点磷火。所有对于黑衣人的形容词都指向了死亡、阴森、冷寂，尤其是用坟地特有的磷火来形容眼睛，更是勾勒了黑衣人身上致命的死亡气息。>>

住址，家里可有姊姊。眉间尺都不理他们。

他向南走着；心里想，城市中这么热闹，容易误伤，还不如在南门外等候他回来，给父亲报仇罢，那地方是地旷人稀，实在很便于施展。这时满城都议论着国王的游山，仪仗，威严，自己得见国王的荣耀，以及俯伏得有怎么低，应该采作国民的模范等等，很像蜜蜂的排衙[①]。直至将近南门，这才渐渐地冷静。

他走出城外，坐在一株大桑树下，取出两个馒头来充了饥；吃着的时候忽然记起母亲来，不觉眼鼻一酸，然而此后倒也没有什么。周围是一步一步地静下去了，他至于很分明地听到自己的呼吸。

天色愈暗，他也愈不安，尽目力望着前方，毫不见有国王回来的影子。上城卖菜的村人，一个个挑着空担出城回家去了。

人迹绝了许久之后，忽然从城里闪出那一个黑色的人来。

"走罢，眉间尺！国王在捉你了！"他说，声音好像鸱鸮[②]。

眉间尺浑身一颤，中了魔似的，立即跟着他走；后来是飞奔。他站定了喘息许多时，才明白已经到了杉树林边。后面远处有银白的条纹，是月亮已从那边出现；前面却仅有两点燐火一般的那黑色人的眼光。

"你怎么认识我？……"他极其惶骇地问。

"哈哈！我一向认识你。"那人的声音说。"我知道你背

---

① 蜜蜂的排衙：蜜蜂早晚两次群集蜂房外面，就像朝见蜂王一般。这里形容人群拥挤喧闹。排衙，旧时衙署中下属依次参谒长官的仪式。

② 鸱鸮：鸟，头大，嘴短而弯曲。吃鼠、兔、昆虫等小动物，对农业有益。种类很多，如鸺鹠、猫头鹰等。

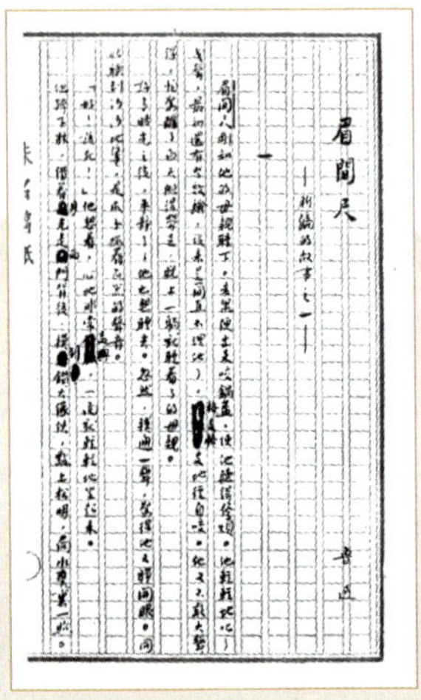
眉間尺

—新編的故事之一—

魯迅

⊙《铸剑》原名《眉间尺》，图为《眉间尺》手稿

【读书知味】

作者通过眉间尺和黑衣人的对话，寥寥数笔就勾勒出两个人的性格特点。黑衣人的语言没有一句修饰、客套，直奔主题，目标明确，直指事物的本质，没有一丝的拖泥带水。相比之下，眉间尺就显得比较单纯和脆弱了。联系前文，黑衣人的状态才是眉间尺母子心目中理想刺客的状态。

着雄剑，要给你的父亲报仇，我也知道你报不成。岂但报不成；今天已经有人告密，你的仇人早从东门还宫，下令捕拿你了。”

眉间尺不觉伤心起来。

“唉唉，母亲的叹息是无怪的。”他低声说。

“但她只知道一半。她不知道我要给你报仇。”

“你么？你肯给我报仇么，义士？”

“阿，你不要用这称呼来冤枉我。”

“那么，你同情于我们孤儿寡妇？……”

“唉，孩子，你再不要提这些受了污辱的名称。”他严冷地说，“仗义，同情，那些东西，先前曾经干净过，现在却都成了放鬼债的资本①。我的心里全没有你所谓的那些。我只不过要给你报仇！”

“好。但你怎么给我报仇呢？”

“只要你给我两件东西。”两粒燐火下的声音说。“那两件么？你听着：一是你的剑，二是你的头！”

眉间尺虽然觉得奇怪，有些狐疑，却并不吃惊。他一时开不得口。

“你不要疑心我将骗取你的性命和宝贝。”暗中的声音又严冷地说。“这事全由你。你信我，我便去；你不信，我便住。”

“但你为什么给我去报仇的呢？你认识我的父亲么？”

“我一向认识你的父亲，也如一向认识你一样。但我要报

---

① 放鬼债的资本：作者在创作本篇数月后，曾在一篇杂感里说，旧社会“有一种精神的资本家”，惯用“同情”一类美好言辞作为“放债”的“资本”，以求“报答”。

【读书知味】

无论是在死人的嘴上接吻，还是饿狼吞吃尸体，都是在营造一种冷酷、决绝的氛围，后边的歌唱是对这种冷酷氛围的调节，也是对刺客为了复仇坦然赴死的精神状态的渲染，唱词本身反而不是重点。 >>

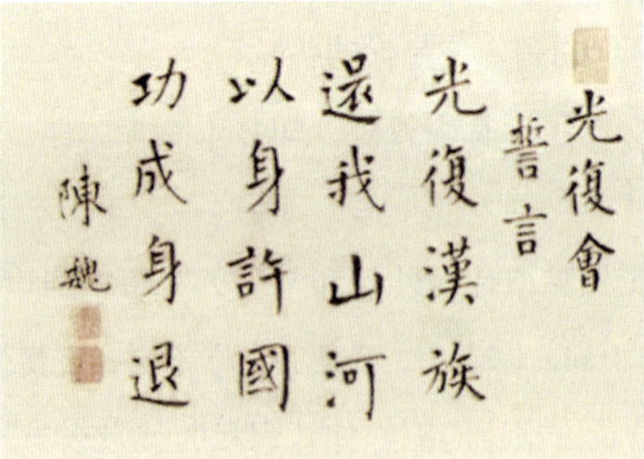

⊙光复会誓言，鲁迅是第一批光复会会员

仇，却并不为此。聪明的孩子，告诉你罢。你还不知道么，我怎么地善于报仇。你的就是我的；他也就是我。我的魂灵上是有这么多的，人我所加的伤，我已经憎恶了我自己！”

暗中的声音刚刚停止，眉间尺便举手向肩头抽取青色的剑，顺手从后项窝向前一削，头颅坠在地面的青苔上，一面将剑交给黑色人。

“呵呵！”他一手接剑，一手捏着头发，提起眉间尺的头来，对着那热的死掉的嘴唇，接吻两次，并且冷冷地尖利地笑。

笑声即刻散布在杉树林中，深处随着有一群燐火似的眼光闪动，倏忽临近，听到咻咻的饿狼的喘息。第一口撕尽了眉间尺的青衣，第二口便身体全都不见了，血痕也顷刻舔尽，只微微听得咀嚼骨头的声音。

最先头的一匹大狼就向黑色人扑过来。他用青剑一挥，狼头便坠在地面的青苔上。别的狼们第一口撕尽了它的皮，第二口便身体全都不见了，血痕也顷刻舔尽，只微微听得咀嚼骨头的声音。

他已经掣起地上的青衣，包了眉间尺的头，和青剑都背在背脊上，回转身，在暗中向王城扬长地走去。

狼们站定了，耸着肩，伸出舌头，咻咻地喘着，放着绿的眼光看他扬长地走。

他在暗中向王城扬长地走去，发出尖利的声音唱着歌：

哈哈爱兮爱乎爱乎！

爱青剑兮一个仇人自屠。

夥颐连翩兮多少一夫。

⊙杜虎符，战国晚期秦国兵符

【读书知味】

又是两段紧张节奏之间的调节，体现的是复仇者与被复仇的暴君之间那股无聊、帮闲的习惯势力，这股势力不起眼，却往往获得“最后胜利”。 ››

一夫爱青剑兮呜呼不孤。

头换头兮两个仇人自屠。

一夫则无兮爱乎呜呼！

爱乎呜呼兮呜呼阿呼，

阿呼呜呼兮呜呼呜呼！[①]

三

游山并不能使国王觉得有趣；加上了路上将有刺客的密报，更使他扫兴而还。那夜他很生气，说是连第九个妃子的头发，也没有昨天那样的黑得好看了。幸而她撒娇坐在他的御膝上，特别扭了七十多回，这才使龙眉之间的皱纹渐渐地舒展。

午后，国王一起身，就又有些不高兴，待到用过午膳，简直现出怒容来。

“唉唉！无聊！”他打一个大呵欠之后，高声说。

上自王后，下至弄臣，看见这情形，都不觉手足无措。白须老臣的讲道，矮胖侏儒[②]的打诨，王是早已听厌的了；近来便是走索，缘竿，抛丸，倒立，吞刀，吐火等等奇妙的把戏，也都看得毫无意味。他常常要发怒；一发怒，便按着青剑，总想寻点小错处，杀掉几个人。

偷空在宫外闲游的两个小宦官，刚刚回来，一看见宫里面

① 这里和下文的歌，意思介于可解不可解之间，作者在1936年3月28日给日本增田涉的信中曾说：“在《铸剑》里，我以为没有什么难懂的地方。但要注意的，是那里面的歌，意思都不明显，因为是奇怪的人和头颅唱出来的歌，我们这种普通人是难以理解的。”

② 侏儒：形体矮小、专以滑稽笑谑供君王娱乐消遣的人，有点像戏剧中的丑角。

⊙《故事新编》封面

【读书知味】

对黑色人色调的描写，从头到脚都是黑的；衣服的青色，做出了相近色对比的层次感；在青色布上的暗红色花纹，则是对比色的层次感。这样具有层次的颜色渲染，烘托了主人公和事件本身的神秘与残酷感，同时，黑色和红色也暗喻了死亡和鲜血。 ››

大家的愁苦的情形，便知道又是照例的祸事临头了，一个吓得面如土色；一个却像是大有把握一般，不慌不忙，跑到国王的面前，俯伏着，说道：

“奴才刚才访得一个异人，很有异术，可以给大王解闷，因此特来奏闻。”

“什么？！”王说。他的话是一向很短的。

“那是一个黑瘦的，乞丐似的男子。穿一身青衣，背着一个圆圆的青包裹；嘴里唱着胡诌的歌。人问他。他说善于玩把戏，空前绝后，举世无双，人们从来就没有看见过；一见之后，便即解烦释闷，天下太平。但大家要他玩，他却又不肯。说是第一须有一条金龙，第二须有一个金鼎。……”

“金龙？我是的。金鼎？我有。”

“奴才也正是这样想。……”

“传进来！”

话声未绝，四个武士便跟着那小宦官疾趋而出。上自王后，下至弄臣，个个喜形于色。他们都愿意这把戏玩得解愁释闷，天下太平；即使玩不成，这回也有了那乞丐似的黑瘦男子来受祸，他们只要能挨到传了进来的时候就好了。

并不要许多工夫，就望见六个人向金阶趋进。先头是宦官，后面是四个武士，中间夹着一个黑色人。待到近来时，那人的衣服却是青的，须眉头发都黑；瘦得颧骨，眼圈骨，眉棱骨都高高地突出来。他恭敬地跪着俯伏下去时，果然看见背上有一个圆圆的小包袱，青色布，上面还画上一些暗红色的花纹。

“奏来！”王暴躁地说。他见他家伙简单，以为他未必会

⊙鲁迅笔名印谱“宴之敖者”

【读书知味】

关于眉间尺的外貌色调描写代表着青春的活力，和黑衣人是鲜明的对比，但是黑衣人后边被火焰照得变为红黑，两人的色调越来越相近，暗示着两人的生命将联结为一体。“宴之敖者”本是鲁迅在兄弟失和后给自己起的笔名，所以鲁迅以黑衣人自况的意味从这个名字就能表现出来。

玩什么好把戏。

“臣名叫宴之敖者[①]；生长汶汶乡[②]。少无职业；晚遇明师，教臣把戏，是一个孩子的头。这把戏一个人玩不起来，必须在金龙之前，摆一个金鼎，注满清水，用兽炭[③]煎熬。于是放下孩子的头去，一到水沸，这头便随波上下，跳舞百端，且发妙音，欢喜歌唱。这歌舞为一人所见，便解愁释闷，为万民所见，便天下太平。”

“玩来！”王大声命令说。

并不要许多工夫，一个煮牛的大金鼎便摆在殿外，注满水，下面堆了兽炭，点起火来。那黑色人站在旁边，见炭火一红，便解下包袱，打开，两手捧出孩子的头来，高高举起。那头是秀眉长眼，皓齿红唇；脸带笑容；头发蓬松，正如青烟一阵。黑色人捧着向四面转了一圈，便伸手擎到鼎上，动着嘴唇说了几句不知什么话，随即将手一松，只听得扑通一声，坠入水中去了。水花同时溅起，足有五尺多高，此后是一切平静。

许多工夫，还无动静。国王首先暴躁起来，接着是王后和妃子，大臣，宦官们也都有些焦急，矮胖的侏儒们则已经开始冷笑了。王一见他们的冷笑，便觉自己受愚，回顾武士，想命令他们就将那欺君的莠民掷入牛鼎里去煮杀。

但同时就听得水沸声；炭火也正旺，映着那黑色人变成红

① 宴之敖者：作者虚拟的人名。1924年9月，鲁迅在《俟堂砖文杂集》一书中，题记后用宴之敖者作为笔名，但以后没有再用过。

② 汶汶乡：作者虚拟的地名。汶汶，昏暗不明。

③ 兽炭：古时豪富之家将木炭屑做成各种兽形的一种燃料。

【读书知味】

眉间尺人头的形象从单纯变得雍容，也暗示了他受到黑衣人的引领，真正成熟起来，态度变得更为从容。这里的两段歌唱，节奏的需要胜于内容的需要。一个人的独唱变为两个人的合唱，也是两个生命即将合二为一的前奏曲。 >>

⊙ 吴王阖闾墓附近的虎丘剑池

黑，如铁的烧到微红。王刚又回过脸来，他也已经伸起两手向天，眼光向着无物，舞蹈着，忽地发出尖利的声音唱起歌来：

哈哈爱兮爱乎爱乎！

爱兮血兮兮谁乎独无。

民萌冥行兮一夫壶卢。

彼用百头颅，千头颅兮用万头颅！

我用一头颅兮而无万夫。

爱一头颅兮血乎呜呼！

血乎呜呼兮呜呼阿呼，

阿呼呜呼兮呜呼呜呼！

随着歌声，水就从鼎口涌起，上尖下广，像一座小山，但自水尖至鼎底，不住地回旋运动。那头即随水上上下下，转着圈子，一面又滴溜溜自己翻筋斗，人们还可以隐约看见他玩得高兴的笑容。过了些时，突然变了逆水的游泳，打旋子夹着穿梭，激得水花向四面飞溅，满庭洒下一阵热雨来。一个侏儒忽然叫了一声，用手摸着自己的鼻子。他不幸被热水烫了一下，又不耐痛，终于免不得出声叫苦了。

黑色人的歌声才停，那头也就在水中央停住，面向王殿，颜色转成端庄。这样的有十余瞬息之久，才慢慢地上下抖动；从抖动加速而为起伏的游泳，但不很快，态度很雍容。绕着水边一高一低地游了三匝，忽然睁大眼睛，漆黑的眼珠显得格外精采，同时也开口唱起歌来：

王泽流兮浩洋洋；

克服怨敌，怨敌克服兮，赫兮强！

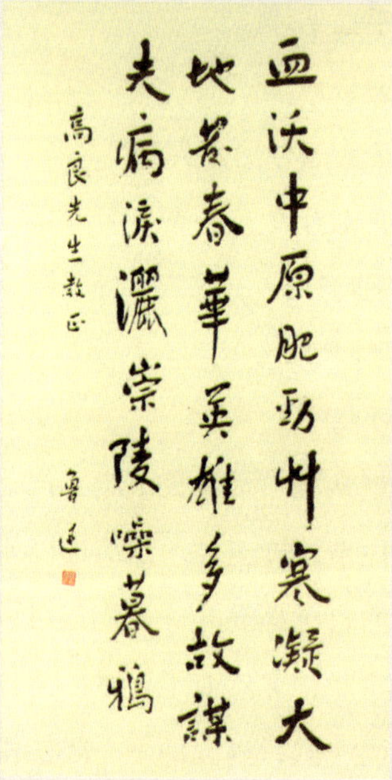

⊙鲁迅书法《无题》

【读书知味】

从热闹到安静，揭示高潮的蓄势待发，眉间尺头颅的嫣然一笑与国王的惊疑，令后面闪电般直劈，王头落鼎这个瞬间的喜剧效果极度放大。

宇宙有穷止兮万寿无疆。

幸我来也兮青其光！

青其光兮永不相忘。

异处异处兮堂哉皇！

堂哉皇哉兮嗳嗳唷，

嗟来归来，嗟来陪来兮青其光！

头忽然升到水的尖端停住；翻了几个筋斗之后，上下升降起来，眼珠向着左右瞥视，十分秀媚，嘴里仍然唱着歌：

阿呼呜呼兮呜呼呜呼，

爱乎呜呼兮呜呼阿呼！

血一头颅兮爱乎呜呼。

我用一头颅兮而无万夫！

彼用百头颅，千头颅……

唱到这里，是沉下去的时候，但不再浮上来了；歌词也不能辨别。涌起的水，也随着歌声的微弱，渐渐低落，像退潮一般，终至到鼎口以下，在远处什么也看不见。

“怎了？”等了一会，王不耐烦地问。

“大王，”那黑色人半跪着说。“他正在鼎底里作最神奇的团圆舞，不临近是看不见的。臣也没有法术使他上来，因为作团圆舞必须在鼎底里。”

王站起身，跨下金阶，冒着炎热立在鼎边，探头去看。只见水平如镜，那头仰面躺在水中间，两眼正看着他的脸。待到王的眼光射到他脸上时，他便嫣然一笑。这一笑使王觉得似曾相识，却又一时记不起是谁来。刚在惊疑，黑色人已经掣出了

⊙ 吴王夫差矛

【读书知味】

国王之头的狡猾凶残，更衬托出了眉间尺和黑色人复仇的勇气、决心与坚韧。 ››

背着的青色的剑，只一挥，闪电般从后项窝直劈下去，扑通一声，王的头就落在鼎里了。

仇人相见，本来格外眼明，况且是相逢狭路。王头刚到水面，眉间尺的头便迎上来，很命在他耳轮上咬了一口。鼎水即刻沸涌，澎湃有声；两头即在水中死战。约有二十回合，王头受了五个伤，眉间尺的头上却有七处。王又狡猾，总是设法绕到他的敌人的后面去。眉间尺偶一疏忽，终于被他咬住了后项窝，无法转身。这一回王的头可是咬定不放了，他只是连连蚕食进去；连鼎外面也仿佛听到孩子的失声叫痛的声音。

上自王后，下至弄臣，骇得凝结着的神色也应声活动起来，似乎感到暗无天日的悲哀，皮肤上都一粒一粒地起粟；然而又夹着秘密的欢喜，瞪了眼，像是等候着什么似的。

黑色人也仿佛有些惊慌，但是面不改色。他从从容容地伸开那捏着看不见的青剑的臂膊，如一段枯枝；伸长颈子，如在细看鼎底。臂膊忽然一弯，青剑便蓦地从他后面劈下，剑到头落，坠入鼎中，淜的一声，雪白的水花向着空中同时四射。

他的头一入水，即刻直奔王头，一口咬住了王的鼻子，几乎要咬下来。王忍不住叫一声“阿唷”，将嘴一张，眉间尺的头就乘机挣脱了，一转脸倒将王的下巴下死劲咬住。他们不但都不放，还用全力上下一撕，撕得王头再也合不上嘴。于是他们就如饿鸡啄米一般，一顿乱咬，咬得王头眼歪鼻塌，满脸鳞伤。先前还会在鼎里面四处乱滚，后来只能躺着呻吟，到底是一声不响，只有出气，没有进气了。

【读书知味】

“鼎里的水却一平如镜，上面浮着一层油，照出许多人脸孔”，这鼎里的水就是照鉴世间丑态的“照妖镜”，那层浮着的油正揭示了现实中看客与帮闲的油腻般的虚伪和无聊。 >>

⊙虎丘试剑石，相传干将、莫邪在此试剑

黑色人和眉间尺的头也慢慢地住了嘴，离开王头，沿鼎壁游了一匝，看他可是装死还是真死。待到知道了王头确已断气，便四目相视，微微一笑，随即合上眼睛，仰面向天，沉到水底里去了。

四

烟消火灭；水波不兴。特别的寂静倒使殿上殿下的人们警醒。他们中的一个首先叫了一声，大家也立刻迭连惊叫起来；一个迈开腿向金鼎走去，大家便争先恐后地拥上去了。有挤在后面的，只能从人脖子的空隙间向里面窥探。

热气还炙得人脸上发烧。鼎里的水却一平如镜，上面浮着一层油，照出许多人脸孔：王后，王妃，武士，老臣，侏儒，太监。……

“阿呀，天哪！咱们大王的头还在里面哪，唷唷唷！”第六个妃子忽然发狂似的哭嚷起来。

上自王后，下至弄臣，也都恍然大悟，仓皇散开，急得手足无措，各自转了四五个圈子。一个最有谋略的老臣独又上前，伸手向鼎边一摸，然而浑身一抖，立刻缩了回来，伸出两个指头，放在口边吹个不住。

大家定了定神，便在殿门外商议打捞办法。约略费去了煮熟三锅小米的工夫，总算得到一种结果，是：到大厨房去调集了铁丝勺子，命武士协力捞起来。

器具不久就调集了，铁丝勺，漏勺，金盘，擦桌布，都放在鼎旁边。武士们便揎起衣袖，有用铁丝勺的，有用漏勺的，

⊙鲁迅像

【读书知味】

无论英雄还是暴君，都成了无聊帮闲、看客的谈资，把本该很郑重的分辨遗骨，变成了众人炫耀国王宠爱和“见多识广”的“鉴宝大会”。悲壮复仇落幕，却是如此荒诞的场面作为映衬，不知是勇士的悲哀还是暴君的悲哀？！

一齐恭行打捞。有勺子相触的声音，有勺子刮着金鼎的声音；水是随着勺子的搅动而旋绕着。好一会，一个武士的脸色忽而很端庄了，极小心地两手慢慢举起了勺子，水滴从勺孔中珠子一般漏下，勺里面便显出雪白的头骨来。大家惊叫了一声；他便将头骨倒在金盘里。

“阿呀！我的大王呀！”王后，妃子，老臣，以至太监之类，都放声哭起来。但不久就陆续停止了，因为武士又捞起了一个同样的头骨。

他们泪眼模胡地四顾，只见武士们满脸油汗，还在打捞。此后捞出来的是一团糟的白头发和黑头发；还有几勺很短的东西，似乎是白胡须和黑胡须。此后又是一个头骨。此后是三枝簪。

直到鼎里面只剩下清汤，才始住手；将捞出的物件分盛了三金盘：一盘头骨，一盘须发，一盘簪。

“咱们大王只有一个头。那一个是咱们大王的呢？”第九个妃子焦急地问。

“是呵……。”老臣们都面面相觑。

“如果皮肉没有煮烂，那就容易辨别了。”一个侏儒跪着说。

大家只得平心静气，去细看那头骨，但是黑白大小，都差不多，连那孩子的头，也无从分辨。王后说王的右额上有一个疤，是做太子时候跌伤的，怕骨上也有痕迹。果然，侏儒在一个头骨上发见了；大家正在欢喜的时候，另外的一个侏儒却又在较黄的头骨的右额上看出相仿的瘢痕来。

“我有法子。”第三个王妃得意地说，“咱们大王的龙

⊙ 鲁迅藏汉画像

准[1]是很高的。”

太监们即刻动手研究鼻准骨，有一个确也似乎比较地高，但究竟相差无几；最可惜的是右额上却并无跌伤的瘢痕。

“况且，”老臣们向太监说，“大王的后枕骨是这么尖的么？”

“奴才们向来就没有留心看过大王的后枕骨……。”

王后和妃子们也各自回想起来，有的说是尖的，有的说是平的。叫梳头太监来问的时候，却一句话也不说。

当夜便开了一个王公大臣会议，想决定那一个是王的头，但结果还同白天一样。并且连须发也发生了问题。白的自然是王的，然而因为花白，所以黑的也很难处置。讨论了小半夜，只将几根红色的胡子选出；接着因为第九个王妃抗议，说她确曾看见王有几根通黄的胡子，现在怎么能知道决没有一根红的呢。于是也只好重行归并，作为疑案了。

到后半夜，还是毫无结果。大家却居然一面打呵欠，一面继续讨论，直到第二次鸡鸣，这才决定了一个最慎重妥善的办法，是：只能将三个头骨都和王的身体放在金棺里落葬。

七天之后是落葬的日期，合城很热闹。城里的人民，远处的人民，都奔来瞻仰国王的“大出丧”。天一亮，道上已经挤满了男男女女；中间还夹着许多祭桌。待到上午，清道的骑士才缓辔[2]而来。又过了不少工夫，才看见仪仗，什么旌旗，木棍，

① 龙准：指帝王的鼻子。准，鼻子。
② 缓辔：辔，驾驭牲口用的嚼子和缰绳。缓辔，即放松缰绳，缓行。

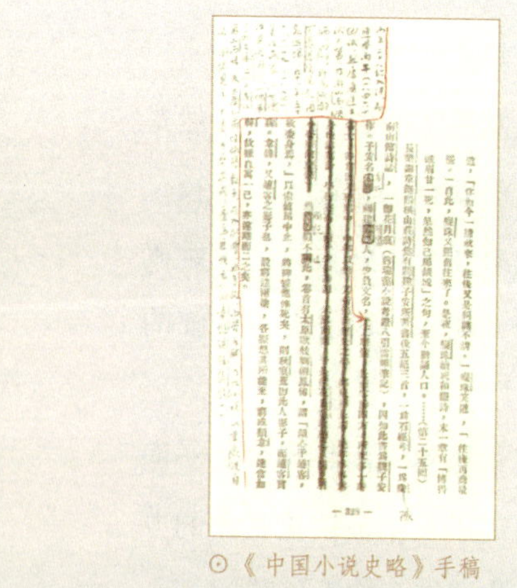

⊙《中国小说史略》手稿

【读书知味】

那些在宫里、朝廷上的看客，这里却在被百姓看，而且是双方互相看。热闹的葬礼，看似充满着忠愤的百姓和哀泣的庙堂之人，结成了统一战线，达成了共识——默契地在一起把这出荒诞戏进行下去。英雄之死的悲壮、暴君被杀的痛快，都在这种无聊、无耻的演戏式的荒诞氛围中消解，作为配角的“第三方势力”，庸众好像才是会获得永远胜利的一方。能写出这样的结尾，正是鲁迅文学的独特与可贵之处。

戈戟，弓弩，黄钺之类；此后是四辆鼓吹车。再后面是黄盖随着路的不平而起伏着，并且渐渐近来了，于是现出灵车，上载金棺，棺里面藏着三个头和一个身体。

百姓都跪下去，祭桌便一列一列地在人丛中出现。几个义民很忠愤，咽着泪，怕那两个大逆不道的逆贼的魂灵，此时也和王一同享受祭礼，然而也无法可施。

此后是王后和许多王妃的车。百姓看她们，她们也看百姓，但哭着。此后是大臣，太监，侏儒等辈，都装着哀戚的颜色。只是百姓已经不看他们，连行列也挤得乱七八糟，不成样子了。

一九二六年十月作。[①]

① 本篇最初发表时未署写作日期。现在篇末的日期是收入《故事新编》时补记。据鲁迅日记，本篇完成时间为1927年4月3日。

妙笔寻味

对于历史小说的创作，鲁迅在《故事新编》序言中总结有两点：一是历史小说写法上有“博考文献，言必有据”，二是“只取一点因由，随意点染，铺成一篇”。而他自己的历史小说，“叙事有时也有一点旧书上的根据，有时却不过信口开河”。《铸剑》这篇作品，鲁迅采取的写法应该是二者结合的。

从故事的基本内容来看，鲁迅先生是很忠于原著的。虽然把报仇的少年名字由“赤”改为“眉间尺”，但也是改之有据的——原小说中国王梦见一个要杀他的少年，其外貌特点就是“眉间广尺”，这一改名之举更突出了他这一外貌特点。眉间尺和黑衣侠客之间素昧平生，却可托付生死；他们面对暴君势力之强，无畏亮剑，舍生取义的精神，鲁迅先生在文中也是予以充分的展现。不过，本文最令人印象深刻之处，还是这种“言必有据”和“信口开河”之间的有机融合，从而让这篇小说在充分展现原著先秦侠义精神的同时，也无情揭露了现实世界的荒诞和虚伪。

相比原著，《铸剑》开头增加了一段眉间尺和大老鼠的战斗，杀鼠——可怜鼠——救鼠——复杀鼠这一过程的反复，让这位少年性格中的犹豫、善良、稚嫩展露无遗。这也为后文做了铺垫。当我们看到眉间尺不能坦然地面对复仇，在人群中被无赖的看客纠缠却无计可施，甚至在金鼎中与国王之头战斗，也在国王狡猾和凶残的攻击下落于下风等情节时，便觉得一切情有可原。同时，这样的处理让眉间尺的形象变化更为接近普通人的成长逻辑，从一个有弱点的战士变为一个完美的英雄，从而让这个角色更为有血有肉。

本文对原著另外一个重大的改编，则是在全文庄严、壮烈的气氛中，加入了极具荒诞气氛的场景。原著只有暴君和义士两个阵营，鲁迅则在小说中加入了第三方的形象：看客、帮闲、无赖这样的庸众的角色。无论是狡猾残酷的暴君，还是坚毅、壮烈的义士，他们的斗争都在庸众无聊、虚伪的“表演”中消解，就像烂泥潭，把一切的光荣、壮烈、残酷都纠缠进烂泥的深渊。这样的结构变化，让原著从头到尾的紧张节奏，有了更多“课间十分钟”，让读者阅读时紧绷的神经能够暂时得到舒缓，从而为下一步更为紧张的节奏积蓄更为强大的力量。文章的最后是以荒诞的场面作为结尾的，这也是极具鲁迅特色的黑色幽默与冷嘲交织的结尾。

侠义文化，是中华文化的重要组成部分，选取一个自己喜欢的古代侠客（刺客）的故事，试着总结这个故事主人公的品格能用哪种颜色代表，并说明你的理由。

奔月

一个射下九个太阳，解救天下苍生的英雄，当无处可以施展自己的神力时，他便由神变成了普通人。于是意想不到的问题发生了——人们把他彻底遗忘，学生逢蒙背叛他还想射死他，夫人嫦娥也背弃他独自奔月了。这难道就是一个为老百姓做好事的英雄最后命运吗？

⊙鲁迅在景云里寓所

【读书知味】

人和马归家之时“垂了头”“一步一顿”“像捣米一样”状态的重叠，勾勒出英雄在构筑伟业之后，辉煌不再、前途迷茫的悲凉与落寞。 ››

奔月[1]

一

聪明的牲口确乎知道人意，刚刚望见宅门，那马便立刻放缓脚步了，并且和它背上的主人同时垂了头，一步一顿，像捣米一样。

暮霭笼罩了大宅，邻屋上都腾起浓黑的炊烟，已经是晚饭时候。家将们听得马蹄声，早已迎了出来，都在宅门外垂着手直挺挺地站着。羿[2]在垃圾堆边懒懒地下了马，家将们便接过缰绳和鞭子去。他刚要跨进大门，低头看看挂在腰间的满壶的簇新的箭和网里的三匹乌老鸦和一匹射碎了的小麻雀，心里就非常踌躇。但到底硬着头皮，大踏步走进去了；箭在壶里豁朗豁朗地响着。

刚到内院，他便见嫦娥在圆窗里探了一探头。他知道她眼睛快，一定早瞧见那几匹乌鸦的了，不觉一吓，脚步登时也一停，——但只得往里走。使女们都迎出来，给他卸了弓箭，解

① 本篇最初发表于1927年1月25日北京《莽原》半月刊第二卷第二期。

② 羿：我国古代传说中善射的英雄。据古书记载，传说中有三个羿，一个是帝喾时的射手，一个是帝尧时的人，还有一个是夏代有穷国的君主，他们都以善射著称，人们把他们的事迹往往混为一人。

⊙ 鲁迅捐献给历史博物馆的明代大碗和铜镜

下网兜。他仿佛觉得她们都在苦笑。

“太太……。”他擦过手脸，走进内房去，一面叫。

嫦娥正在看着圆窗外的暮天，慢慢回过头来，似理不理的向他看了一眼，没有答应。

这种情形，羿倒久已习惯的了，至少已有一年多。他仍旧走近去，坐在对面的铺着脱毛的旧豹皮的木榻上，搔着头皮，支支梧梧地说——

“今天的运气仍旧不见佳，还是只有乌鸦……。”

“哼！”嫦娥将柳眉一扬，忽然站起来，风似的往外走，嘴里咕噜着，“又是乌鸦的炸酱面，又是乌鸦的炸酱面！你去问问去，谁家是一年到头只吃乌鸦肉的炸酱面的？我真不知道是走了什么运，竟嫁到这里来，整年的就吃乌鸦的炸酱面！”

“太太，”羿赶紧也站起，跟在后面，低声说，“不过今天倒还好，另外还射了一匹麻雀，可以给你做菜的。女辛[①]！”他大声地叫使女，“你把那一匹麻雀拿过来请太太看！”

野味已经拿到厨房里去了，女辛便跑去挑出来，两手捧着，送在嫦娥的眼前。

“哼！”她瞥了一眼，慢慢地伸手一捏，不高兴地说，“一团糟！不是全都粉碎了么？肉在那里？”

“是的，”羿很惶恐，“射碎的。我的弓太强，箭头太大了。”

“你不能用小一点的箭头的么？”

---

① 女辛：商王以十干（天干）为庙号，王室以外，也有用十干为名的；这里的女辛以及下面的女乙、女庚等，都是作者据此虚拟的人名。

⊙鲁迅像，1933年，五一国际劳动节摄

【读书知味】

羿射九日是后羿最辉煌的业绩，而太阳在中国古代神话中是三足金乌，所以乌鸦是他曾经辉煌的标记的化身。金乌不在，只能射乌鸦；巨蛇等怪兽已经被消灭，只能用射巨蛇的箭来射麻雀，颇有些“高射炮打蚊子”的感觉。当后羿的对手只有乌鸦与麻雀之时，连他最亲近的人都遗忘了他的丰功伟绩，只看到他现在的“没有出息”。 ››

"我没有小的。自从我射封豕长蛇[1]……。"

"这是封豕长蛇么？"她说着，一面回转头去对着女辛道，"放一碗汤罢！"便又退回房里去了。

只有羿呆呆地留在堂屋里，靠壁坐下，听着厨房里柴草爆炸的声音。他回忆当年的封豕是多么大，远远望去就像一坐小土冈，如果那时不去射杀它，留到现在，足可以吃半年，又何用天天愁饭菜。还有长蛇，也可以做羹喝……。

女乙来点灯了，对面墙上挂着的彤弓，彤矢，卢弓，卢矢，弩机，[2]长剑，短剑，便都在昏暗的灯光中出现。羿看了一眼，就低了头，叹一口气；只见女辛搬进夜饭来，放在中间的案上，左边是五大碗白面；右边两大碗，一碗汤；中央是一大碗乌鸦肉做的炸酱。

羿吃着炸酱面，自己觉得确也不好吃；偷眼去看嫦娥，她炸酱是看也不看，只用汤泡了面，吃了半碗，又放下了。他觉得她脸上仿佛比往常黄瘦些，生怕她生了病。

到二更时，她似乎和气一些了，默坐在床沿上喝水。羿就坐在旁边的木榻上，手摩着脱毛的旧豹皮。

"唉，"他和蔼地说，"这西山的文豹，还是我们结婚以前射得的，那时多么好看，全体黄金光。"他于是回想当年的食物，熊是只吃四个掌，驼留峰，其余的就都赏给使女和家将们。后来大动物射完了，就吃野猪兔山鸡；射法又高强，要多

---

① 封豕长蛇：出自羿射封豕长蛇的传说。封豕，大野猪。

② 彤弓彤矢指红色的弓和矢；卢弓卢矢指黑色的弓和矢；弩机是弩上发矢的机括，一称弩牙。

【读书知味】

后羿对往事回忆和对嫦娥的热情，得到的却是嫦娥应付的回答和礼貌的笑容，暗示了嫦娥在后羿身上已经看不到任何未来的希望，对他往日的辉煌也没有崇拜和怀念。嫦娥的冷淡和客气同样预示着两人即将分道扬镳的危机。>>

⊙ 鲁迅藏日本西村真琴作《小鸠图》

少有多少。“唉，”他不觉叹息，“我的箭法真太巧妙了，竟射得遍地精光。那时谁料到只剩下乌鸦做菜……。”

“哼。”嫦娥微微一笑。

“今天总还要算运气的，”羿也高兴起来，“居然猎到一只麻雀。这是远绕了三十里路才找到的。”

“你不能走得更远一点的么？！”

“对。太太。我也这样想。明天我想起得早些。倘若你醒得早，那就叫醒我。我准备再远走五十里，看看可有些獐子兔子。……但是，怕也难。当我射封豕长蛇的时候，野兽是那么多。你还该记得罢，丈母的门前就常有黑熊走过，叫我去射了好几回……。”

“是么？”嫦娥似乎不大记得。

“谁料到现在竟至于精光的呢。想起来，真不知道将来怎么过日子。我呢，倒不要紧，只要将那道士送给我的金丹吃下去，就会飞升。但是我第一先得替你打算，……所以我决计明天再走得远一点……。”

“哼。”嫦娥已经喝完水，慢慢躺下，合上眼睛了。

残膏的灯火照着残妆，粉有些褪了，眼圈显得微黄，眉毛的黛色也仿佛两边不一样。但嘴唇依然红得如火；虽然并不笑，颊上也还有浅浅的酒窝。

“唉唉，这样的人，我就整年地只给她吃乌鸦的炸酱面……。”羿想着，觉得惭愧，两颊连耳根都热起来。

⊙《毛诗品物图考》插图 乌鸦

【读书知味】

后羿早就废止的朝食，暗示了未来的渺茫。他的遭遇，简直就是普通家庭遭遇“中年危机”的折射。执着于食物的好坏，为老吃乌鸦炸酱面对不起老婆自责，证明后羿在日常生活的消磨中，神性早已退后，让位给人性了。这样一个褪去神奇光环的后羿，尽管看着有些平庸，却也增添了人性的可爱。

>>

二

过了一夜就是第二天。

羿忽然睁开眼睛，只见一道阳光斜射在西壁上，知道时候不早了；看看嫦娥，兀自摊开了四肢沉睡着。他悄悄地披上衣服，爬下豹皮榻，躄出堂前，一面洗脸，一面叫女庚去吩咐王升备马。

他因为事情忙，是早就废止了朝食[①]的；女乙将五个炊饼，五株葱和一包辣酱都放在网兜里，并弓箭一齐替他系在腰间。他将腰带紧了一紧，轻轻地跨出堂外面，一面告诉那正从对面进来的女庚道——

“我今天打算到远地方去寻食物去，回来也许晚一些。看太太醒后，用过早点心，有些高兴的时候，你便去禀告，说晚饭请她等一等，对不起得很。记得么？你说：对不起得很。”

他快步出门，跨上马，将站班的家将们扔在脑后，不一会便跑出村庄了。前面是天天走熟的高粱田，他毫不注意，早知道什么也没有的。加上两鞭，一径飞奔前去，一气就跑了六十里上下，望见前面有一簇很茂盛的树林，马也喘气不迭，浑身流汗，自然慢下去了。大约又走了十多里，这才接近树林，然而满眼是胡蜂，粉蝶，蚂蚁，蚱蜢，那里有一点禽兽的踪迹。他望见这一块新地方时，本以为至少总可以有一两匹狐儿兔儿的，现在才知道又是梦想。他只得绕出树林，看那后面却又是

① 废止了朝食：过去有一些人为了“健康不老”，提倡节食。中国近代教育家、养生家蒋维乔曾通过辑述日本美岛近一郎的著述中的观点而成《废止朝食论》一书，1915 年 6 月上海商务印书馆出版。

⊙高长虹

【读书知味】

这里的“四十五岁”和后文的“白来了一百多回”都在暗讽高长虹。高长虹是狂飙社的主要成员。他在1924年12月认识鲁迅后，曾得到鲁迅很多指导和帮助。鲁迅还请他来编《莽原》周刊，前后8个月，他每周必至鲁迅家送校样终审，所以鲁迅说他来了“一百多回”。他后来却突然对鲁迅疏远，并大加攻击，让鲁迅感到莫名其妙。 >>

碧绿的高粱田，远处散点着几间小小的土屋。风和日暖，鸦雀无声。

“倒楣！”他尽量地大叫了一声，出出闷气。

但再前行了十多步，他即刻心花怒放了，远远地望见一间土屋外面的平地上，的确停着一匹飞禽，一步一啄，像是很大的鸽子。他慌忙拈弓搭箭，引满弦，将手一放，那箭便流星般出去了。

这是无须迟疑的，向来有发必中；他只要策马跟着箭路飞跑前去，便可以拾得猎物。谁知道他将要临近，却已有一个老婆子捧着带箭的大鸽子，大声嚷着，正对着他的马头抢过来。

“你是谁哪？怎么把我家的顶好的黑母鸡射死了？你的手怎的有这么闲哪？……”

羿的心不觉跳了一跳，赶紧勒住马。

“阿呀！鸡么？我只道是一只鹁鸪。”他惶恐地说。

“瞎了你的眼睛！看你也有四十多岁了罢。”

“是的。老太太。我去年就有四十五岁了。”

“你真是枉长白大！连母鸡也不认识，会当作鹁鸪！你究竟是谁哪？”

“我就是夷羿。”他说着，看看自己所射的箭，是正贯了母鸡的心，当然死了，末后的两个字便说得不大响亮；一面从马上跨下来。

“夷羿？……谁呢？我不知道。”她看着他的脸，说。

“有些人是一听就知道的。尧爷的时候，我曾经射死过几匹野猪，几条蛇……。”

【读书知味】

后羿最引以为傲的不朽功绩，却被自己的徒弟逄蒙欺世盗名。农村老太太对后羿的态度，也代表了普通百姓对后羿的态度，对英雄对人类做出贡献的淡忘、对欺世盗名者的盲从，让“真神”后羿败给了“偶像”逄蒙。英雄的落寞，和不爱惜英雄的大众密切相关。 >>

⊙ 老北大文科教员休息室，又被戏称为“群言堂”

“哈哈，骗子！那是逢蒙[1]老爷和别人合伙射死的。也许有你在内罢；但你倒说是你自己了，好不识羞！”

“阿阿，老太太。逢蒙那人，不过近几年时常到我那里来走走，我并没有和他合伙，全不相干的。”

“说诳。近来常有人说，我一月就听到四五回。”

“那也好。我们且谈正经事罢。这鸡怎么办呢？”

“赔。这是我家最好的母鸡，天天生蛋。你得赔我两柄锄头，三个纺锤。”

“老太太，你瞧我这模样，是不耕不织的，那里来的锄头和纺锤。我身边又没有钱，只有五个炊饼，倒是白面做的，就拿来赔了你的鸡，还添上五株葱和一包甜辣酱。你以为怎样？……”他一只手去网兜里掏炊饼，伸出那一只手去取鸡。

老婆子看见白面的炊饼，倒有些愿意了，但是定要十五个。磋商的结果，好容易才定为十个，约好至迟明天正午送到，就用那射鸡的箭作抵押。羿这时才放了心，将死鸡塞进网兜里，跨上鞍鞒[2]，回马就走，虽然肚饿，心里却很喜欢，他们不喝鸡汤实在已经有一年多了。

他绕出树林时，还是下午，于是赶紧加鞭向家里走；但是马力乏了，刚到走惯的高粱田近旁，已是黄昏时候。只见对面远处有人影子一闪，接着就有一枝箭忽地向他飞来。[3]

---

① 逢蒙：我国古代善射的人，相传他是羿的弟子。

② 鞍鞒：马鞍上拱起的部分。

③ 逢蒙射羿的故事，在《孟子·离娄》中有记载，逢蒙跟羿学射箭，学得了羿的技巧后，他便想，天下只有羿的箭术比自己强了，于是便杀死羿。

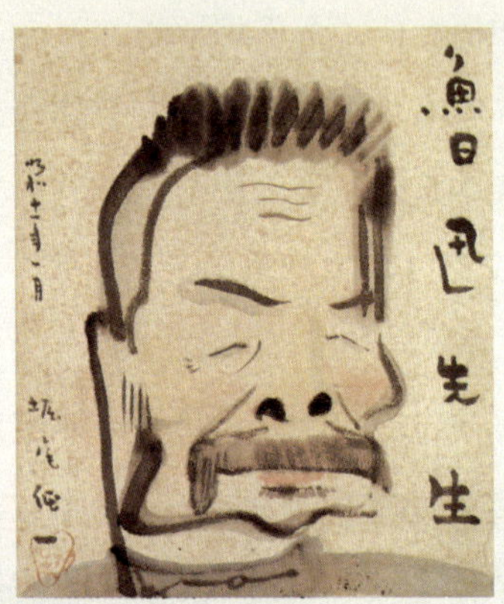

⊙日本堀尾纯一作鲁迅像

【读书知味】

被自己全力提携、帮助的青年放冷箭，作者这样的经历也投射到了后羿和逢蒙的故事中。后羿和逢蒙的对垒，激发出后羿有勇有谋的英雄气概，在逢蒙和读者都认为偷袭成功之时，后羿突施反击，情节的设置极其紧凑，和全文平和的主旋律形成鲜明的对比。后羿放过逢蒙，流露出英雄对小人的不屑。拂衣而去的背影，终于显露出了他埋没在世俗生活中的英雄本色。

羿并不勒住马，任它跑着，一面却也拈弓搭箭，只一发，只听得铮的一声，箭尖正触着箭尖，在空中发出几点火花，两枝箭便向上挤成一个“人”字，又翻身落在地上了。第一箭刚刚相触，两面立刻又来了第二箭，还是铮的一声，相触在半空中。那样地射了九箭，羿的箭都用尽了；但他这时已经看清逢蒙得意地站在对面，却还有一枝箭搭在弦上正在瞄准他的咽喉。

“哈哈，我以为他早到海边摸鱼去了，原来还在这些地方干这些勾当，怪不得那老婆子有那些话……。”羿想。

那时快，对面是弓如满月，箭似流星。飕的一声，径向羿的咽喉飞过来。也许是瞄准差了一点了，却正中了他的嘴；一个筋斗，他带箭掉下马去了，马也就站住。

逢蒙见羿已死，便慢慢地蹩过来，微笑着去看他的死脸，当作喝一杯胜利的白干。

刚在定睛看时，只见羿张开眼，忽然直坐起来。

“你真是白来了一百多回。”他吐出箭，笑着说，“难道连我的‘啮镞法’[①]都没有知道么？这怎么行。你闹这些小玩艺儿是不行的，偷去的拳头打不死本人，要自己练练才好。”

“即以其人之道，反诸其人之身……。”胜者低声说。

“哈哈哈！”他一面大笑，一面站了起来，“又是引经据典。但这些话你只可以哄哄老婆子，本人面前捣什么鬼？俺向

① “啮镞法”：啮镞是古代武术名，即咬住对方射来的箭镞。《太平御览》卷三五〇引用了《列子》中的记载，飞卫曾向甘蝇学射箭，甘蝇把射箭法全都教给了飞卫，飞卫也学得很好，但甘蝇没有把咬箭的啮法教给飞卫。有一次，飞卫暗地里用箭射甘蝇，甘蝇用嘴咬住了箭头，并即刻用它来射飞卫。飞卫绕树逃避，那箭也绕着树射飞卫。（按：今本《列子》无此文。）

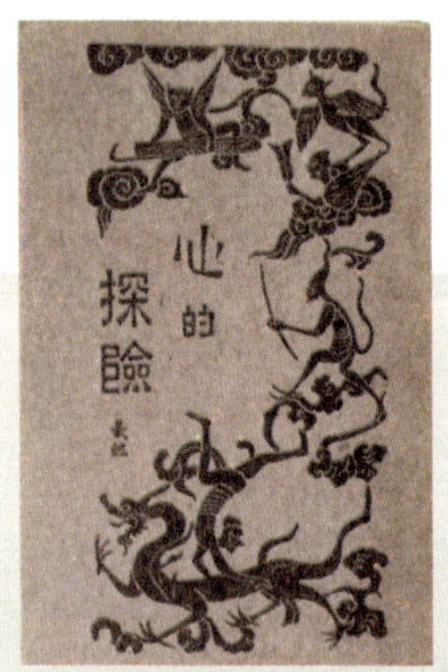

⊙《心的探险》，高长虹著，鲁迅编校并设计封面

【读书知味】

马儿不待鞭策自然飞奔的动态和文章开头马放缓了脚步，一步一顿的姿态形成了鲜明的对比，用马的姿态来表现主人的心情。雪白的月亮洒下的月光，照亮回家的路，让归家的场面非常动人。月亮的出现不仅是情境渲染的需要，也为后文的嫦娥奔月埋下伏笔。 >>

来就只是打猎，没有弄过你似的剪径[1]的玩艺儿……。”他说着，又看看网兜里的母鸡，倒并没有压坏，便跨上马，径自走了。

“……你打了丧钟！……”远远地还送来叫骂。

“真不料有这样没出息。青青年纪，倒学会了诅咒，怪不得那老婆子会那么相信他。”羿想着，不觉在马上绝望地摇了摇头。

三

还没有走完高粱田，天色已经昏黑；蓝的空中现出明星来，长庚在西方格外灿烂。马只能认着白色的田塍走，而且早已筋疲力竭，自然走得更慢了。幸而月亮却在天际渐渐吐出银白的清辉。

“讨厌！”羿听到自己的肚子里骨碌骨碌地响了一阵，便在马上焦躁了起来。“偏是谋生忙，便偏是多碰到些无聊事，白费工夫！”他将两腿在马肚子上一磕，催它快走，但马却只将后半身一扭，照旧地慢腾腾。

“嫦娥一定生气了，你看今天多么晚。”他想。“说不定要装怎样的脸给我看哩。但幸而有这一只小母鸡，可以引她高兴。我只要说：太太，这是我来回跑了二百里路才找来的。不，不好，这话似乎太逞能。”

他望见人家的灯火已在前面，一高兴便不再想下去了。马也不待鞭策，自然飞奔。圆的雪白的月亮照着前途，凉风吹脸，真是比大猎回来时还有趣。

---

① 剪径：拦路抢劫。

⊙鲁迅藏日本版画家谷中安规作《弓》

马自然而然地停在垃圾堆边；羿一看，仿佛觉得异样，不知怎地似乎家里乱毵毵。迎出来的也只有一个赵富。

“怎的？王升呢？”他奇怪地问。

“王升到姚家找太太去了。”

“什么？太太到姚家去了么？”羿还呆坐在马上，问。

“喳……。”他一面答应着，一面去接马缰和马鞭。

羿这才爬下马来，跨进门，想了一想，又回过头去问道——

“不是等不迭了，自己上饭馆去了么？”

“喳。三个饭馆，小的都去问过了，没有在。”

羿低了头，想着，往里面走，三个使女都惶惑地聚在堂前。他便很诧异，大声的问道——

“你们都在家么？姚家，太太一个人不是向来不去的么？”

她们不回答，只看看他的脸，便来给他解下弓袋和箭壶和装着小母鸡的网兜。羿忽然心惊肉跳起来，觉得嫦娥是因为气忿寻了短见了，便叫女庚去叫赵富来，要他到后园的池里树上去看一遍。但他一跨进房，便知道这推测是不确的了：房里也很乱，衣箱是开着，向床里一看，首先就看出失少了首饰箱。他这时正如头上淋了一盆冷水，金珠自然不算什么，然而那道士送给他的仙药，也就放在这首饰箱里的。

羿转了两个圆圈，才看见王升站在门外面。

“回老爷，”王升说，“太太没有到姚家去；他们今天也不打牌。”

羿看了他一眼，不开口。王升就退出去了。

“老爷叫？……”赵富上来，问。

⊙ 鲁迅藏汉画像三足乌（太阳）

羿将头一摇，又用手一挥，叫他也退出去。

羿又在房里转了几个圈子，走到堂前，坐下，仰头看着对面壁上的彤弓，彤矢，卢弓，卢矢，弩机，长剑，短剑，想了些时，才问那呆立在下面的使女们道——

“太太是什么时候不见的？”

“掌灯时候就不看见了，”女乙说，“可是谁也没见她走出去。”

“你们可见太太吃了那箱里的药没有？”

“那倒没有见。但她下午要我倒水喝是有的。”

羿急得站了起来，他似乎觉得，自己一个人被留在地上了。

“你们看见有什么向天上飞升的么？”他问。

“哦！”女辛想了一想，大悟似的说，“我点了灯出去的时候，的确看见一个黑影向这边飞去的，但我那时万想不到是太太……。”于是她的脸色苍白了。

“一定是了！”羿在膝上一拍，即刻站起，走出屋外去，回头问着女辛道，“那边？”

女辛用手一指，他跟着看去时，只见那边是一轮雪白的圆月，挂在空中，其中还隐约现出楼台，树木；当他还是孩子时候祖母讲给他听的月宫中的美景，他依稀记得起来了。他对着浮游在碧海里似的月亮，觉得自己的身子非常沉重。

他忽然愤怒了。从愤怒里又发了杀机，圆睁着眼睛，大声向使女们叱咤道——

“拿我的射日弓来！和三枝箭！”

女乙和女庚从堂屋中央取下那强大的弓，拂去尘埃，并三

⊙ 鲁迅和许广平的书信

枝长箭都交在他手里。

他一手拈弓，一手捏着三枝箭，都搭上去，拉了一个满弓，正对着月亮。身子是岩石一般挺立着，眼光直射，闪闪如岩下电[1]，须发开张飘动，像黑色火，这一瞬息，使人仿佛想见他当年射日的雄姿。

飕的一声，——只一声，已经连发了三枝箭，刚发便搭，一搭又发，眼睛不及看清那手法，耳朵也不及分别那声音。本来对面是虽然受了三枝箭，应该都聚在一处的，因为箭箭相衔，不差丝发。但他为必中起见，这时却将手微微一动，使箭到时分成三点，有三个伤。

使女们发一声喊，大家都看见月亮只一抖，以为要掉下来了，——但却还是安然地悬着，发出和悦的更大的光辉，似乎毫无伤损。

"呔！"羿仰天大喝一声，看了片刻；然而月亮不理他。他前进三步，月亮便退了三步；他退三步，月亮却又照数前进了。

他们都默着，各人看各人的脸。

羿懒懒地将射日弓靠在堂门上，走进屋里去。使女们也一齐跟着他。

"唉，"羿坐下，叹一口气，"那么，你们的太太就永远一个人快乐了。她竟忍心撇了我独自飞升？莫非看得我老起来了？但她上月还说：并不算老，若以老人自居，是思想的堕落。"

"这一定不是的。"女乙说，"有人说老爷还是一个战士。"

---

① 闪闪如岩下电：语出《世说新语·容止》，比喻人目光炯炯有神。

⊙ 鲁迅藏北平笺谱之一

【读书知味】

妻子离开的真相，是通过各种线索一点点展开、求证的。这一过程也表现了后羿对妻子离开这一事实的不愿相信和对妻子的不舍。能够射死九个太阳的射日弓，射向月亮的三箭，命中却没有要了月亮的命，也能看出后羿对嫦娥爱恨交加的矛盾心境。最后冷静下来还在为嫦娥开脱，希望吃了仙药追随嫦娥而去，让我们看到一个伟大灵魂遭到背叛后的无奈与落寞。 ››

“有时看去简直好像艺术家。”女辛说。

“放屁！——不过乌老鸦的炸酱面确也不好吃，难怪她忍不住……。”

“那豹皮褥子脱毛的地方，我去剪一点靠墙的脚上的皮来补一补罢，怪不好看的。”女辛就往房里走。

“且慢，”羿说着，想了一想，“那倒不忙。我实在饿极了，还是赶快去做一盘辣子鸡，烙五斤饼来，给我吃了好睡觉。明天再去找那道士要一服仙药，吃了追上去罢。女庚，你去吩咐王升，叫他量四升白豆喂马！”

一九二六年十二月作。

妙笔寻味

小说三要素——人物、情节、环境，其中，人物是小说情节驱动的主体——小说是通过一个人或一些人为主线，来展开故事情节；故事情节是人物性格的表现途径——人物的性格特征，是在小说情节发展中表现出来的；环境则是人物和故事情节推动的外在影响力。

正是因为三种要素的相互影响、相互作用，才令小说可以更为全面、深入、细致地展示社会生活，提供给读者更为广阔的社会生活场景。如果说散文和一般的记叙文给我们提供的通常是社会生活的一个画面的话，小说则为我们提供了社会生活的一幅长卷。这当然是小说的优势，也是小说创作的难点——人物、情节、环境，如果有一个环节和其他要素不能紧密配合，都会有类似电影、电视剧中的“穿帮”镜头，让小说的整体不被读者信服或接受。

《奔月》尽管是一篇神话和社会现实相结合、有着浓重的象征主义艺术特色的小说，甚至有着游戏文字的色彩，但是在情节与人物、环境的设定和铺垫方面，却十分充分、严谨，值得我们好好学习、借鉴。

以《奔月》中的主要情节——嫦娥奔月为例，在奔月事件发生前，人物性格、故事情节、环境都有足够的铺垫。首先在人物性格方面，嫦娥显然在夫妻关系中属于强势的一方，而后羿因为深爱妻子，于是极力满足妻子的需求，并为不能满足妻子的需求而自责。但丈夫的自责让嫦娥对他更为轻蔑，并且这种轻蔑态度已经有很长时间了。意识到妻子早就看到乌鸦了，后羿的反应是“一惊”，十分惭愧。他因为爱而感到的愧疚，反而成为嫦娥对丈夫更加不屑的原因，甚至在丈夫回忆往日的辉煌之时，我们也能从嫦娥明显是应付的反应中，看到她从骨子里显出的不屑一顾。

在前面的情节中，后羿对嫦娥的一段安慰话格外关键：

“谁料到现在竟至于精光的呢。想起来，真不知道将来怎么过日子。我呢，倒不要紧，只要将那道士送给我的金丹吃下去，就会飞升。但是我第一先得替你打算，……所以我决计明天再走得远一点……。”

后羿说的重点在于尽管现状很糟，自己仍要努力为嫦娥打算，不会吃金丹先走。从后来情节发展看，嫦娥显然听到的重点是有可以飞升、摆脱这一切的仙丹，她应该先下手为强。这一切的铺垫告诉我们，嫦娥的出走绝不是偶然的一时兴起，而是夫妻在这种相处状态下长期积累的必然结果。

最后的嫦娥出走也不是立刻揭示出来的，而是前边有圆月的暗示，后边有家里的乱成一团糟的环境，再有后羿让下人去各处寻找，直到恍然大悟地去找仙丹，最后得出嫦娥出走的结论。

一篇小说，不管是穿越还是架空，荒诞还是写实，只有故事情节的走向符合人物性格、人物之间关系、社会环境的发展走向，才会让读者自然接受，才能让小说的内容和人物深入人心，从而才有可能成为优秀的小说。

在嫦娥奔月后，后羿又会有什么样的举动呢？请以《奔月后》为题，给本文写一篇后记。

理水

这是我们耳熟能详的大禹治水的故事，但是似乎又有了不一样的意味：大禹依旧是那个努力治水的实干家，但是故事中却有了文化山上满嘴外语只有空论的学者，还有幼稚园、飞车等古代根本不存在的事物。鲁迅先生要写的会仅仅是一个神话故事吗?

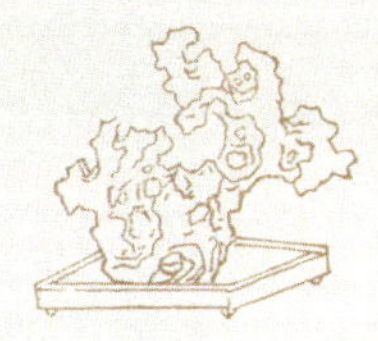

⊙“鲁迅在师大”，载于1932年12月4日出版的《世界画报》

理水[1]

一

这时候是“汤汤洪水方割，浩浩怀山襄陵”[2]；舜爷的百姓，倒并不都挤在露出水面的山顶上，有的捆在树顶，有的坐着木排，有些木排上还搭有小小的板棚，从岸上看起来，很富于诗趣。

远地里的消息，是从木排上传过来的。大家终于知道鲧大人因为治了九整年的水，什么效验也没有，上头龙心震怒，把他充军到羽山去了，接任的好像就是他的儿子文命少爷，乳名叫作阿禹。

灾荒得久了，大学早已解散，连幼稚园也没有地方开，所以百姓们都有些混混沌沌。只在文化山[3]上，还聚集着许多学

---

① 本篇在收入《故事新编》之前，没有在报刊上发表过。

② “汤汤洪水方割，浩浩怀山襄陵”：语出《尚书·尧典》，意思是说：洪水为害，浩浩荡荡地包围着山，并且淹上了部分的丘陵。

③ 文化山：20 世纪 30 年代初，日本帝国主义已经侵占我国东北，华北也处在危殆中。而国民党政府实行不抵抗政策，准备从华北撤退，并开始准备把北平所藏的古文物搬到南京。1932 年 10 月北平文教界江瀚、刘复、徐炳昶、马衡等三十余人想阻止古文物南移，却以北平在政治和军事上都没有重要性为理由，提出请国民党政府从北平撤除军备，把它划为一个不设防的文化区域，即“文化城”的主张。这种主张实际上适应了日军的进攻和国民党的不抵抗政策的需要。所以此处是对“文化城”一事的讽刺。

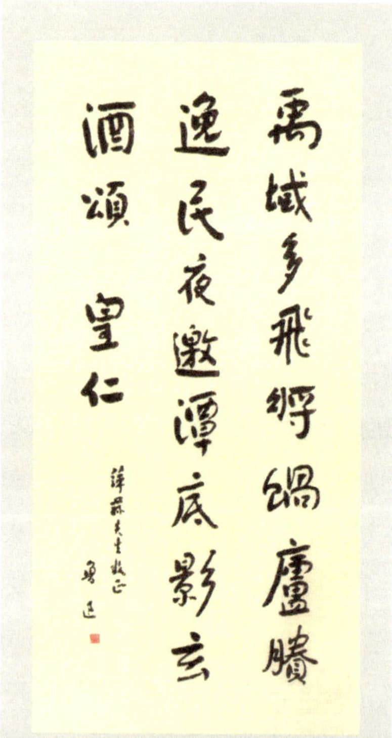

⊙鲁迅书法《无题》

者，他们的食粮，是都从奇肱国[1]用飞车运来的，因此不怕缺乏，因此也能够研究学问。然而他们里面，大抵是反对禹的，或者简直不相信世界上真有这个禹。

每月一次，照例的半空中要簌簌的发响，愈响愈厉害，飞车看得清楚了，车上插一张旗，画着一个黄圆圈在发毫光。离地五尺，就挂下几只篮子来，别人可不知道里面装的是什么，只听得上下在讲话：

"古貌林[2]！"

"好杜有图[3]！"

"古鲁几哩……"

"O.K！"

飞车向奇肱国疾飞而去，天空中不再留下微声，学者们也静悄悄，这是大家在吃饭。独有山周围的水波，撞着石头，不住的澎湃的在发响。午觉醒来，精神百倍，于是学说也就压倒了涛声了。

"禹来治水，一定不成功，如果他是鲧的儿子的话，"一个拿拄杖的学者说。"我曾经搜集了许多王公大臣和豪富人家的家谱，很下过一番研究工夫，得到一个结论：阔人的子孙都是阔人，坏人的子孙都是坏人——这就叫作'遗传'。所以，鲧不成功，他的儿子禹一定也不会成功，因为愚人是生不出聪

① 奇肱国：中国古代神话传说中虚构的国家，记载于《山海经·海外西经》。据说奇肱国的人长着一条胳膊三只眼睛，精于各类工艺技术。

② 古貌林：英语 Good morning 的音译，意为"早安"。

③ 好杜有图：英语 How do you do 的音译，意为"你好"。

【读书知味】

水患严重，“文化山”的学者们不研究如何治理水患，只关心治水的禹到底是人还是虫，还要把这样无聊的研究“成果”作为闲人打发时间的材料，用以牟利。用面包屑做写字的材料，暴露了学者饱食终日的无聊生活。学者向老百姓收的“学费”是嫩榆叶和鲜水苔，暗示了百姓生活的凄惨现状。两相对比，学者们的无聊无耻就在这不动声色的叙述间昭然若揭。 ››

⊙老北大图书馆，首开中国开架借阅先河

明人来的！”

“O.K！”一个不拿拄杖的学者说。

“不过您要想想咱们的太上皇①，”别一个不拿拄杖的学者道。

“他先前虽然有些‘顽’，现在可是改好了。倘是愚人，就永远不会改好……”

“O.K！”

“这这些些都是费话，”又一个学者吃吃的说，立刻把鼻尖胀得通红。“你们是受了谣言的骗的。其实并没有所谓禹，‘禹’是一条虫，虫虫会治水的吗？我看鲧也没有的，‘鲧’是一条鱼，鱼鱼会治水水水的吗？”他说到这里，把两脚一蹬，显得非常用劲。

“不过鲧却的确是有的，七年以前，我还亲眼看见他到昆仑山脚下去赏梅花的。”

“那么，他的名字弄错了，他大概不叫‘鲧’，他的名字应该叫‘人’！至于禹，那可一定是一条虫，我有许多证据，可以证明他的乌有，叫大家来公评……”

于是他勇猛的站了起来，摸出削刀，刮去了五株大松树皮，用吃剩的面包末屑和水研成浆，调了炭粉，在树身上用很小的蝌蚪文写上抹杀阿禹的考据，足足化掉了三九廿七天工夫。但是凡有要看的人，得拿出十片嫩榆叶，如果住在木排上，就改

---

① 太上皇：指舜的父亲瞽叟。据古书记载，瞽叟对其子舜不满，经常与后妻以及后妻所生之子——象想要寻机杀死舜。但舜仍然孝顺地侍奉瞽叟。后来他们陷害舜的计划暴露，舜却反而对三人比以前更好，三人感动，从此再也不怀陷害舜之心了。

⊙鲁迅墓碑。“鲁迅先生之墓”由鲁迅年仅七岁的儿子周海婴题写

给一贝壳鲜水苔。

横竖到处都是水，猎也不能打，地也不能种，只要还活着，所有的是闲工夫，来看的人倒也很不少。松树下挨挤了三天，到处都发出叹息的声音，有的是佩服，有的是疲劳。但到第四天的正午，一个乡下人终于说话了，这时那学者正在吃炒面。

"人里面，是有叫作阿禹的，"乡下人说。"况且'禹'也不是虫，这是我们乡下人的简笔字，老爷们都写作'禺'①，是大猴子……"

"人有叫作大大猴子的吗？……"学者跳起来了，连忙咽下没有嚼烂的一口面，鼻子红到发紫，吆喝道。

"有的呀，连叫阿狗阿猫的也有。"

"鸟头先生，您不要和他去辩论了，"拿拄杖的学者放下面包，拦在中间，说。"乡下人都是愚人。拿你的家谱来，"他又转向乡下人，大声道，"我一定会发见你的上代都是愚人……"

"我就从来没有过家谱……"

"呸，使我的研究不能精密，就是你们这些东西可恶！"

"不过这这也用不着家谱，我的学说是不会错的。"鸟头先生更加愤愤的说。"先前，许多学者都写信来赞成我的学说，那些信我都带在这里……"

"不不，那可应该查家谱……"

---

① "禺"：《说文解字》："禺，母猴属。"据《说文》，"禹"字笔画较"禺"字简单，所以这里说"禹"是"禺"的简笔字。

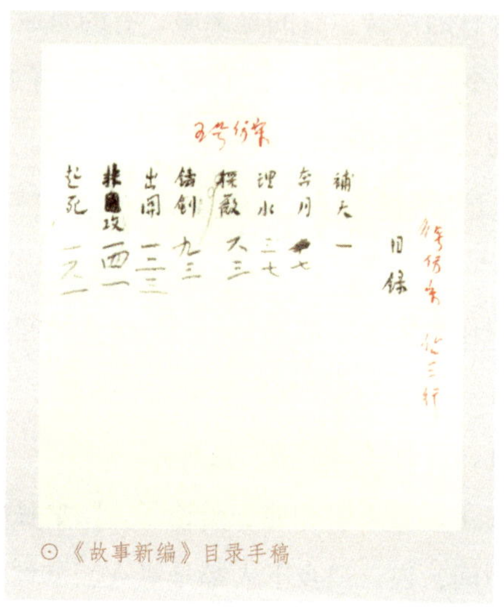

⊙《故事新编》目录手稿

【读书知味】

从乡下人以鸟头先生的思路，得出禹是大猴子的结论，到以叫“鸟头先生”不一定是鸟来回击鸟头先生出于字形分析得出的禹是一条虫的理论，荒谬的结论推出更为荒谬的结果，以彼之道，还之彼身，让提出这一理论的人自然理屈词穷。鲁迅这一段暗讽何人，一目了然，但这一段也不单单讽刺一个人，而是以这个人为代表的一类人。

“但是我竟没有家谱，”那“愚人”说。“现在又是这么的人荒马乱，交通不方便，要等您的朋友们来信赞成，当作证据，真也比螺蛳壳里做道场还难。证据就在眼前：您叫鸟头先生，莫非真的是一个鸟儿的头，并不是人吗？”

“哼！”鸟头先生气忿到连耳轮都发紫了。“你竟这样的侮辱我！说我不是人！我要和你到皋陶[①]大人那里去法律解决！如果我真的不是人，我情愿大辟——就是杀头呀，你懂了没有？要不然，你是应该反坐的。你等着罢，不要动，等我吃完了炒面。”

“先生，”乡下人麻木而平静的回答道，“您是学者，总该知道现在已是午后，别人也要肚子饿的。可恨的是愚人的肚子却和聪明人的一样：也要饿。真是对不起得很，我要捞青苔去了，等您上了呈子之后，我再来投案罢。”于是他跳上木排，拿起网兜，捞着水草，泛泛的远开去了。看客也渐渐的走散，鸟头先生就红着耳轮和鼻尖从新吃炒面，拿拄杖的学者在摇头。

然而“禹”究竟是一条虫，还是一个人呢，却仍然是一个大疑问。

① 皋陶：传说是舜的臣子，掌管狱讼的官。按1927年鲁迅在广州时，顾颉刚曾于7月中由杭州致书鲁迅，说鲁迅在文字上侵害了他，“拟于九月中回粤后提起诉讼，听候法律解决。”要鲁迅“暂勿离粤，以俟开审。”鲁迅当时答复他：“请即就近在浙起诉，尔时仆必到杭，以负应负之责。”这里鸟头先生与乡下人的对话，隐指此事。

⊙ 鲁迅藏汉画像

禹也真好像是一条虫。

大半年过去了，奇肱国的飞车已经来过八回，读过松树身上的文字的木排居民，十个里面有九个生了脚气病，治水的新官却还没有消息。直到第十回飞车来过之后，这才传来了新闻，说禹是确有这么一个人的，正是鲧的儿子，也确是简放[①]了水利大臣，三年之前，已从冀州启节[②]，不久就要到这里了。

大家略有一点兴奋，但又很淡漠，不大相信，因为这一类不甚可靠的传闻，是谁都听得耳朵起茧了的。

然而这一回却又像消息很可靠，十多天之后，几乎谁都说大臣的确要到了，因为有人出去捞浮草，亲眼看见过官船；他还指着头上一块乌青的疙瘩，说是为了回避得太慢一点了，吃了一下官兵的飞石：这就是大臣确已到来的证据。这人从此就很有名，也很忙碌，大家都争先恐后的来看他头上的疙瘩，几乎把木排踏沉；后来还经学者们召了他去，细心研究，决定了他的疙瘩确是真疙瘩，于是使鸟头先生也不能再执成见，只好把考据学让给别人，自己另去搜集民间的曲子了。

一大阵独木大舟的到来，是在头上打出疙瘩的大约二十多天之后，每只船上，有二十名官兵打桨，三十名官兵持矛，前后都是旗帜；刚靠山顶，绅士们和学者们已在岸上列队恭迎，

① 简放：古代君主任命高级官员。简，指授官的简册。

② 从冀州启节：冀州为古九州之一，约相当于现在的河北山西二省及河南山东黄河以北地区。启节，指旧时高级官员启程、出发。节，古代使者及特派官员出行时所持的信物。

⊙ 大禹治水玉山子

过了大半天，这才从最大的船里，有两位中年的胖胖的大员出现，约略二十个穿虎皮的武士簇拥着，和迎接的人们一同到最高巅的石屋里去了。

大家在水陆两面，探头探脑的悉心打听，才明白原来那两位只是考察的专员，却并非禹自己。

大员坐在石屋的中央，吃过面包，就开始考察。

“灾情倒并不算重，粮食也还可敷衍，”一位学者们的代表，苗民言语学专家说。“面包是每月会从半空中掉下来的；鱼也不缺，虽然未免有些泥土气，可是很肥，大人。至于那些下民，他们有的是榆叶和海苔，他们‘饱食终日，无所用心’，——就是并不劳心，原只要吃这些就够。我们也尝过了，味道倒并不坏，特别得很……”

“况且，”别一位研究《神农本草》[①]的学者抢着说，“榆叶里面是含有维他命W[②]的；海苔里有碘质，可医瘰疬病，两样都极合于卫生。”

“O.K！”又一个学者说。大员们瞪了他一眼。

“饮料呢，”那《神农本草》学者接下去道，“他们要多少有多少，一万代也喝不完。可惜含一点黄土，饮用之前，应该蒸馏一下的。敝人指导过许多次了，然而他们冥顽不灵，绝对的不肯照办，于是弄出数不清的病人来……”

---

① 《神农本草》：我国最古的记载药物的专书。其成书年代不确定，推测为秦汉间人托神农之名而作。

② 维他命W：维他命是Vitamin的音译，现在通称维生素，当时并未发现维他命W。下文的瘰疬病，中医病名，主要指颈部淋巴结核一类疾病；而因缺碘所致的甲状腺肿大（俗称大脖子）叫“瘿”，不叫瘰疬。这里是讽刺当时一些所谓学者的无知妄说。

⊙《毛诗品物图考》插图 乌龟

“就是洪水，也还不是他们弄出来的吗？”一位五绺长须，身穿酱色长袍的绅士又抢着说。“水还没来的时候，他们懒着不肯填，洪水来了的时候，他们又懒着不肯戽[①]……”

“是之谓失其性灵，”坐在后一排，八字胡子的伏羲朝小品文学家笑道。“吾尝登帕米尔之原，天风浩然，梅花开矣，白云飞矣，金价涨矣，耗子眠矣，见一少年，口衔雪茄，面有蚩尤氏之雾……哈哈哈！没有法子……”[②]

“O.K！”

这样的谈了小半天。大员们都十分用心的听着，临末是叫他们合拟一个公呈，最好还有一种条陈，沥述着善后的方法。

于是大员们下船去了。第二天，说是因为路上劳顿，不办公，也不见客；第三天是学者们公请在最高峰上赏偃盖古松，下半天又同往山背后钓黄鳝，一直玩到黄昏。第四天，说是因为考察劳顿了，不办公，也不见客；第五天的午后，就传见下民的代表。

下民的代表，是四天以前就在开始推举的，然而谁也不肯去，说是一向没有见过官。于是大多数就推定了头有疙瘩的那一个，以为他曾有见过官的经验。已经平复下去的疙瘩，这时忽然针刺似的痛起来月 4 日了，他就哭着一口咬定：做代表，毋宁死！大家把他围起来，连日连夜的责以大义，说他不顾公益，是利己的个人主义者，将为华夏所不容；激烈点的，还至

---

① 戽：汲（水）。

② “伏羲朝小品文学家”的这段话，是对当时林语堂一派人提倡的所谓“语录体”小品文的模拟。

⊙ 老北大报刊借阅室，毛泽东青年时代曾在此勤工俭学

【读书知味】

在鲁迅的《最先与最后》一文中有这样几句话："中国人不但'不为戎首'，'不为祸始'，甚至于'不为福先'。所以凡事都不容易有改革；前驱和闯将，大抵是谁也怕得做。""欲得的却多。既然不敢径取，就只好用阴谋和手段。以此，人们也就日见其卑怯了。"下民推举见官的代表这段，众人先是谁也不敢出头，公推一个出去后又开始妒忌，正是这种心态的体现。

>>

于捏起拳头，伸在他的鼻子跟前，要他负这回的水灾的责任。他渴睡得要命，心想与其逼死在木排上，还不如冒险去做公益的牺牲，便下了绝大的决心，到第四天，答应了。

大家就都称赞他，但几个勇士，却又有些妒忌。

就是这第五天的早晨，大家一早就把他拖起来，站在岸上听呼唤。果然，大员们呼唤了。他两腿立刻发抖，然而又立刻下了绝大的决心，决心之后，就又打了两个大呵欠，肿着眼眶，自己觉得好像脚不点地，浮在空中似的走到官船上去了。

奇怪得很，持矛的官兵，虎皮的武士，都没有打骂他，一直放进了中舱。舱里铺着熊皮，豹皮，还挂着几副弩箭，摆着许多瓶罐，弄得他眼花缭乱。定神一看，才看见在上面，就是自己的对面，坐着两位胖大的官员。什么相貌，他不敢看清楚。

“你是百姓的代表吗？”大员中的一个问道。

“他们叫我上来的。”他眼睛看着铺在舱底上的豹皮的艾叶一般的花纹，回答说。

“你们怎么样？”

“……”他不懂意思，没有答。

“你们过得还好么？”

“托大人的鸿福，还好……”他又想了一想，低低的说道，“敷敷衍衍……混混……”

“吃的呢？”

“有，叶子呀，水苔呀……”

“都还吃得来吗？”

“吃得来的。我们是什么都弄惯了的，吃得来的。只有些

【读书知味】

本该反映民情的代表，说出的却全是为上官老爷们辩护的话。对比前边对这些老爷、学者们饮食的描写，无疑是莫大的讽刺。但最大的讽刺在于，这些本来为大王调查民情疾苦的官员，竟然把这样明显表现出百姓悲惨生活的“歌功颂德”，粉饰成百姓一片祥和的“政绩”往上呈报，反映民情的百姓固然奴性十足，官员和学者的无耻嘴脸更让人触目惊心。 ››

⊙1932年，鲁迅等四十三人联名发表《上海文化界告世界书》抗议日本帝国主义的侵略暴行

小畜生还要嚷，人心在坏下去哩，妈的，我们就揍他。”

大人们笑起来了，有一个对别一个说道：“这家伙倒老实。”

这家伙一听到称赞，非常高兴，胆子也大了，滔滔的讲述道：

“我们总有法子想。比如水苔，顶好是做滑溜翡翠汤，榆叶就做一品当朝羹。剥树皮不可剥光，要留下一道，那么，明年春天树枝梢还是长叶子，有收成。如果托大人的福，钓到了黄鳝……”

然而大人好像不大爱听了，有一位也接连打了两个大呵欠，打断他的讲演道：“你们还是合具一个公呈来罢，最好是还带一个贡献善后方法的条陈。”

“我们可是谁也不会写……”他惴惴的说。

“你们不识字吗？这真叫作不求上进！没有法子，把你们吃的东西拣一份来就是！”

他又恐惧又高兴的退了出来，摸一摸疙瘩疤，立刻把大人的吩咐传给岸上，树上和排上的居民，并且大声叮嘱道：“这是送到上头去的呵！要做得干净，细致，体面呀！……”

所有居民就同时忙碌起来，洗叶子，切树皮，捞青苔，乱作一团。他自己是锯木版，来做进呈的盒子。有两片磨得特别光，连夜跑到山顶上请学者去写字，一片是做盒子盖的，求写“寿山福海”，一片是给自己的木排上做扁额，以志荣幸的，求写“老实堂”。但学者却只肯写了“寿山福海”的一块。

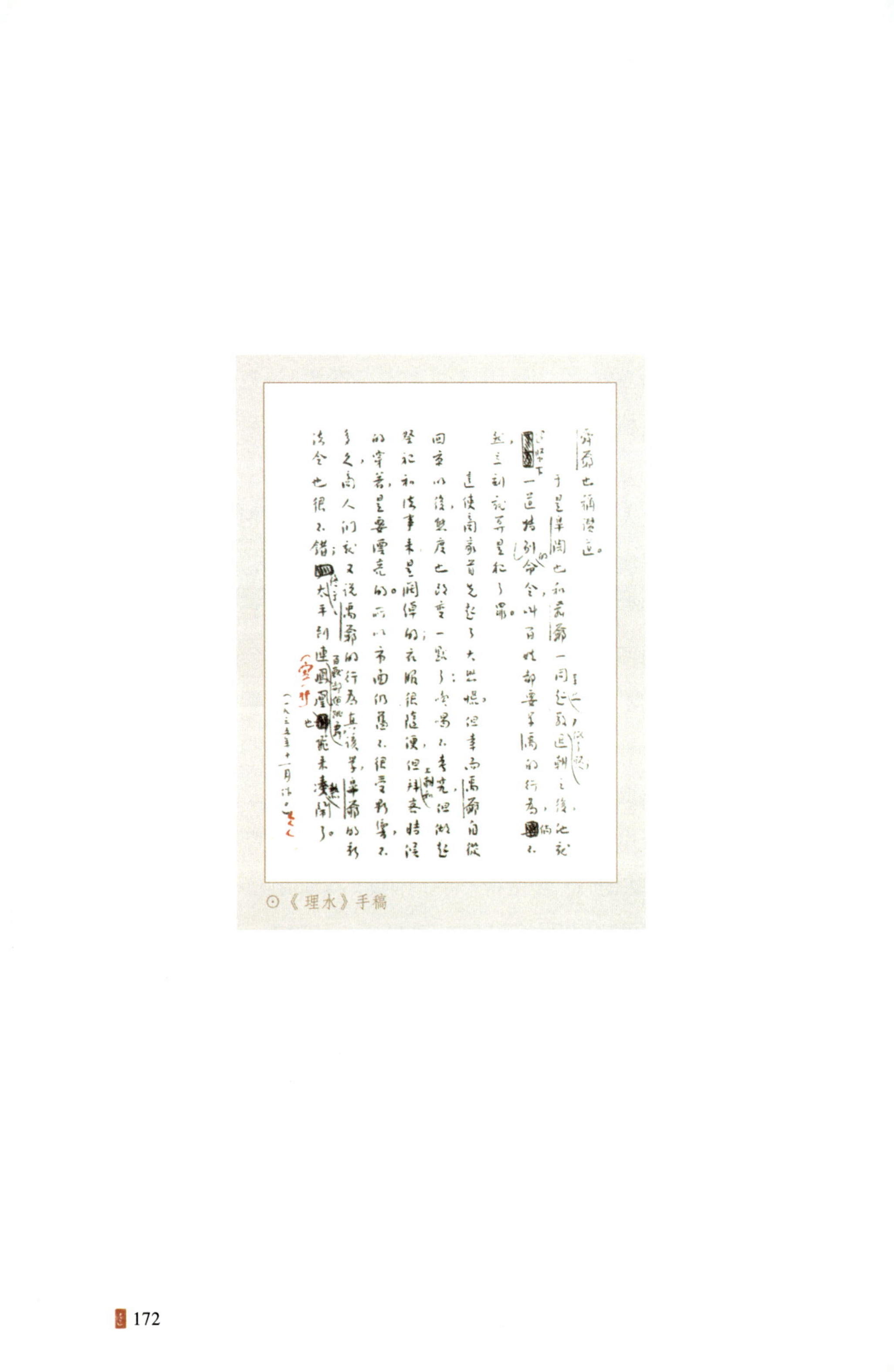

⊙《理水》手稿

三

当两位大员回到京都的时候，别的考察员也大抵陆续回来了，只有禹还在外。他们在家里休息了几天，水利局的同事们就在局里大排筵宴，替他们接风，份子分福禄寿三种，最少也得出五十枚大贝壳[①]。这一天真是车水马龙，不到黄昏时候，主客就全都到齐了，院子里却已经点起庭燎[②]来，鼎中的牛肉香，一直透到门外虎贲[③]的鼻子跟前，大家就一齐咽口水。酒过三巡，大员们就讲了一些水乡沿途的风景，芦花似雪，泥水如金，黄鳝膏腴，青苔滑溜……等等。微醺之后，才取出大家采集了来的民食来，都装着细巧的木匣了，盖上写着文字，有的是伏羲八卦体[④]，有的是仓颉鬼哭体[⑤]，大家就先来赏鉴这些字，争论得几乎打架之后，才决定以写着"国泰民安"的一块为第一，因为不但文字质朴难识，有上古淳厚之风，而且立言也很得体，可以宣付史馆的。

评定了中国特有的艺术之后，文化问题总算告一段落，于是来考察盒子的内容了：大家一致称赞着饼样的精巧。然而大约酒也喝得太多了，便议论纷纷：有的咬一口松皮饼，极口叹赏它的清香，说自己明天就要挂冠[⑥]归隐，去享这样的清福；咬了柏叶糕的，却道质粗味苦，伤了他的舌头，要这样与下民共

① 贝壳：上古用贝壳为货币。
② 庭燎：庭院中照明的火炬。
③ 虎贲：勇士，即下文所说的卫兵们。
④ 伏羲八卦体：伏羲，我国古代传说中的帝王。相传他曾画八卦。
⑤ 仓颉鬼哭体：仓颉，一作苍颉，相传他是黄帝的史官，最初创造文字的人。《淮南子·本经训》中记有关于仓颉的一种传说："昔者苍颉作书而天雨粟，鬼夜哭。"
⑥ 挂冠：即辞去官职。

⊙1933年4月11日，鲁迅全家迁入施高塔路大陆新村9号，这是鲁迅在上海的最后一处住所

患难，可见为君难，为臣亦不易。有几个又扑上去，想抢下他们咬过的糕饼来，说不久就要开展览会募捐，这些都得去陈列，咬得太多是很不雅观的。

局外面也起了一阵喧嚷。一群乞丐似的大汉，面目黧黑，衣服破旧，竟冲破了断绝交通的界线，闯到局里来了。卫兵们大喝一声，连忙左右交叉了明晃晃的戈，挡住他们的去路。

“什么？——看明白！”当头是一条瘦长的莽汉，粗手粗脚的，怔了一下，大声说。

卫兵们在昏黄中定睛一看，就恭恭敬敬的立正，举戈，放他们进去了，只拦住了气喘吁吁的从后面追来的一个身穿深蓝土布袍子，手抱孩子的妇女。

“怎么？你们不认识我了吗？”她用拳头揩着额上的汗，诧异的问。

“禹太太，我们怎会不认识您家呢？”

“那么，为什么不放我进去的？”

“禹太太，这个年头儿，不大好，从今年起，要端风俗而正人心，男女有别了。现在那一个衙门里也不放娘儿们进去，不但这里，不但您。这是上头的命令，怪不着我们的。”

禹太太呆了一会，就把双眉一扬，一面回转身，一面嚷叫道：

“这杀千刀的！奔什么丧！走过自家的门口，看也不进来看一下，就奔你的丧！做官做官，做官有什么好处，仔细像你的老子，做到充军，还掉在池子里变大忘八①！这没良心的杀千

---

① 忘八：乌龟的俗称。古代传说鲧死后化为三足鳖。

⊙鲁迅藏《珂勒惠支版画选集》

【读书知味】

能被柏叶糕伤了舌头、粉饰太平滔滔不绝的官员，在面貌黑瘦的莽汉——大禹的注视下，看见咬过的松皮饼和啃光的牛骨头，却非常不自在，完全没了刚才心安理得、洋洋得意的状态。大禹和随员就像照妖镜，让官员们的伪装被无情地揭露出来。把大脚底对着大员们，又不穿袜子，满脚底都是栗子一般的老茧的大禹，不仅暗合历史上对大禹的记载，也用行动进一步表达了大禹对于这些官员的蔑视——这何尝又不是作者的态度呢？ ››

刀！……”

这时候，局里的大厅上也早发生了扰乱。大家一望见一群莽汉们奔来，纷纷都想躲避，但看不见耀眼的兵器，就又硬着头皮，定睛去看。奔来的也临近了，头一个虽然面貌黑瘦，但从神情上，也就认识他正是禹；其余的自然是他的随员。

这一吓，把大家的酒意都吓退了，沙沙的一阵衣裳声，立刻都退在下面。禹便一径跨到席上，在上面坐下，大约是大模大样，或者生了鹤膝风①罢，并不屈膝而坐，却伸开了两脚，把大脚底对着大员们，又不穿袜子，满脚底都是栗子一般的老茧。随员们就分坐在他的左右。

“大人是今天回京的？”一位大胆的属员，膝行而前了一点，恭敬的问。

“你们坐近一点来！”禹不答他的询问，只对大家说。“查的怎么样？”

大员们一面膝行而前，一面面面相觑，列坐在残筵的下面，看见咬过的松皮饼和啃光的牛骨头。非常不自在——却又不敢叫膳夫来收去。

“禀大人，”一位大员终于说。“倒还像个样子——印象甚佳。松皮水草，出产不少；饮料呢，那可丰富得很。百姓都很老实，他们是过惯了的。禀大人，他们都是以善于吃苦，驰名世界的人们。”

“卑职可是已经拟好了募捐的计划，”又一位大员说。“准

---

① 鹤膝风：中医病名，结核性关节炎的一种。战国时楚国人尸佼所著的《尸子》中记有禹生“偏枯之疾”的传说。

⊙鲁迅多次带领学生外出游览，这是1911年春游禹陵时的合影，鲁迅位于左上角

【读书知味】

大禹的心里话与他和官员敷衍的话交错叙述，表现了大禹对这些无聊官员既蔑视又不得不敷衍的无奈，也映衬出大禹做事务实的一面。相对照的就是那些官员的顽固守旧、空谈误国。››

备开一个奇异食品展览会，另请女隗[①]小姐来做时装表演。只卖票，并且声明会里不再募捐，那么，来看的可以多一点。”

“这很好。”禹说着，向他弯一弯腰。

“不过第一要紧的是赶快派一批大木筏去，把学者们接上高原来。”第三位大员说，“一面派人去通知奇肱国，使他们知道我们的尊崇文化，接济也只要每月送到这边来就好。学者们有一个公呈在这里，说的倒也很有意思，他们以为文化是一国的命脉，学者是文化的灵魂，只要文化存在，华夏也就存在，别的一切，倒还在其次……”

“他们以为华夏的人口太多了，”第一位大员道，“减少一些倒也是致太平之道。况且那些不过是愚民，那喜怒哀乐，也决没有智者所推想的那么精微的。知人论事，第一要凭主观。例如莎士比亚[②]……”

“放他妈的屁！”禹心里想，但嘴上却大声的说道：“我经过查考，知道先前的方法：‘湮’[③]，确是错误了。以后应该用‘导’！不知道诸位的意见怎么样？”

静得好像坟山；大员们的脸上也显出死色，许多人还觉得

---

① 女隗：《左传》中狄人之女多姓隗，如叔隗、季隗等。又《史记·匈奴列传》说：“匈奴，其先祖夏后氏（夏禹）之苗裔也。”匈奴就是春秋时的狄人。本篇中女隗这个人名，大概是根据这类记载而虚拟出来的。

② 莎士比亚（W.Shakespeare，1564—1616）：欧洲文艺复兴时期英国戏剧家、诗人，著有剧本《仲夏夜之梦》《罗密欧与朱丽叶》《哈姆雷特》等三十七种。杜衡在1934年6月《文艺风景》创刊号发表《莎剧凯撒传里所表现的群众》一文，借评莎士比亚作品，说人民群众“没有理性”“没有明确的利害观念”等。本篇中这个大员从“愚民”忽然拉扯到莎士比亚，是作者对杜这类人的讽刺。

③ “湮”：填塞，鲧用的治水方法。下文的“导”，指疏通，是禹用的治水方法。

⊙鲁迅在北京师范大学操场上讲演

自己生了病，明天恐怕要请病假了。

“这是蚩尤的法子！”一个勇敢的青年官员悄悄的愤激着。

“卑职的愚见，窃以为大人是似乎应该收回成命的。”一位白须白发的大员，这时觉得天下兴亡，系在他的嘴上了，便把心一横，置死生于度外，坚决的抗议道：“湮是老大人的成法。‘三年无改于父之道，可谓孝矣。’——老大人升天还不到三年。”

禹一声也不响。

“况且老大人化过多少心力呢。借了上帝的息壤[①]，来湮洪水，虽然触了上帝的恼怒，洪水的深度可也浅了一点了。这似乎还是照例的治下去。”另一位花白须发的大员说，他是禹的母舅的干儿子。

禹一声也不响。

“我看大人还不如‘幹父之蛊’[②]，”一位胖大官员看得禹不作声，以为他就要折服了，便带些轻薄的大声说，不过脸上还流出着一层油汗。“照着家法，挽回家声。大人大约未必知道人们在怎么讲说老大人罢……”

“要而言之，‘湮’是世界上已有定评的好法子，”白须发的老官恐怕胖子闹出岔子来，就抢着说道。“别的种种，所谓‘摩登’者也，昔者蚩尤氏就坏在这一点上。”

禹微微一笑：“我知道的。有人说我的爸爸变了黄熊，也

---

① 息壤：传说中一种能够自己生长，永不耗减的土壤。

② “幹父之蛊”：语见《周易·蛊》，后称儿子能完成父亲所未竟的事业，因而掩盖了父亲的过错为“幹蛊”。

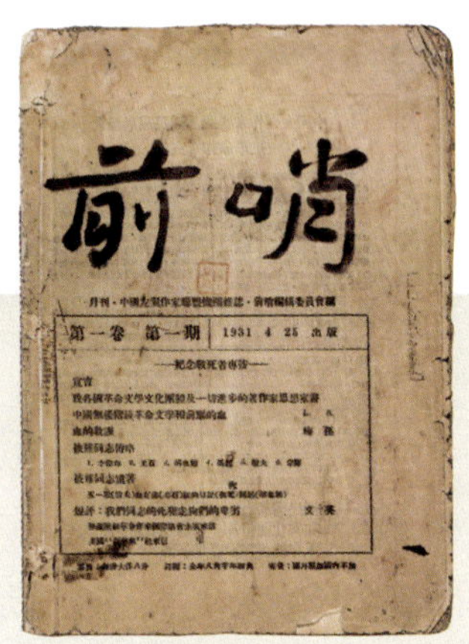

⊙《前哨》封面，鲁迅与冯雪峰共同编辑

【读书知味】

“胖而流着油汗的，胖而不流油汗的官员们”与“一排黑瘦的乞丐似的东西，不动，不言，不笑，像铁铸的一样”，雕塑式的处理方式，让这两组人物都有了符号化的代表意义。“胖”与“油汗”的滑腻、软弱更衬托出“铁铸”的坚硬顽强。不顾人民死活、荒唐无耻的官员固然是一种顽固势力，勤奋务实、坚韧顽强的“民族脊梁”也是一股强有力的力量。 ››

有人说他变了三足鳖，[1]也有人说我在求名，图利。说就是了。我要说的是我查了山泽的情形，征了百姓的意见，已经看透实情，打定主意，无论如何，非‘导’不可！这些同事，也都和我同意的。”

他举手向两旁一指。白须发的，花须发的，小白脸的，胖而流着油汗的，胖而不流油汗的官员们，跟着他的指头看过去，只见一排黑瘦的乞丐似的东西，不动，不言，不笑，像铁铸的一样。

四

禹爷走后，时光也过得真快，不知不觉间，京师的景况日见其繁盛了。首先是阔人们有些穿了茧绸袍，后来就看见大水果铺里卖着橘子和柚子，大绸缎店里挂着华丝葛；富翁的筵席上有了好酱油，清炖鱼翅，凉拌海参；再后来他们竟有熊皮褥子狐皮褂，那太太也戴上赤金耳环银手镯了。

只要站在大门口，也总有什么新鲜的物事看：今天来一车竹箭，明天来一批松板，有时抬过了做假山的怪石，有时提过了做鱼生的鲜鱼；有时是一大群一尺二寸长的大乌龟，都缩了头装着竹笼，载在车子上，拉向皇城那面去。

“妈妈，你瞧呀，好大的乌龟！”孩子们一看见，就嚷起来，跑上去，围住了车子。

---

① 这是古代关于鲧的一种传说。在神话传说中，鲧死后，尸体化为了黄熊，也有说法说化为三足鳖。

⊙鲁迅像，1936年10月3日摄于大陆新村寓所中

“小鬼，快滚开！这是万岁爷的宝贝，当心杀头！”

然而关于禹爷的新闻，也和珍宝的入京一同多起来了。百姓的檐前，路旁的树下，大家都在谈他的故事；最多的是他怎样夜里化为黄熊，用嘴和爪子，一拱一拱的疏通了九河，以及怎样请了天兵天将，捉住兴风作浪的妖怪无支祁，镇在龟山的脚下。[①]皇上舜爷的事情，可是谁也不再提起了，至多，也不过谈谈丹朱太子[②]的没出息。

禹要回京的消息，原已传布得很久了，每天总有一群人站在关口，看可有他的仪仗的到来。并没有。然而消息却愈传愈紧，也好像愈真。一个半阴半晴的上午，他终于在百姓们的万头攒动之间，进了冀州的帝都了。前面并没有仪仗，不过一大批乞丐似的随员。临末是一个粗手粗脚的大汉，黑脸黄须，腿弯微曲，双手捧着一片乌黑的尖顶的大石头——舜爷所赐的“玄圭”[③]，连声说道“借光，借光，让一让，让一让”，从人丛中挤进皇宫里去了。

百姓们就在宫门外欢呼，议论，声音正好像浙水的涛声[④]一样。

---

① 禹捉无支祁的传说，见唐代李公佐《古岳渎经》。禹治理洪水，曾经三次来到桐柏山（在河南省桐柏县西南）。每次来，总是看到那里刮大风，打霹雳，石头怪叫，树木哀号，使得治水的工程无法施展。原来在淮水和涡水之间，有个叫无支祁的大水怪在兴风作浪。禹马上派人去把无支祁擒获，并命人用大铁索锁在无支祁的脖颈上，又在鼻孔里穿上了金铃，把它镇在如今江苏淮阴的龟山脚下。从此，淮水才平安地流入大海。

② 丹朱太子：尧的儿子。古书中说他“不肖”（品德不像他的父亲），所以尧不把天下传给他而传给舜。

③ “玄圭”：圭，古代诸侯大夫在朝会和祭祀时所执的一种长条尖顶的玉器。玄，黑色。

④ 浙水的涛声：浙水，即钱塘江，涨潮时涛声很大。

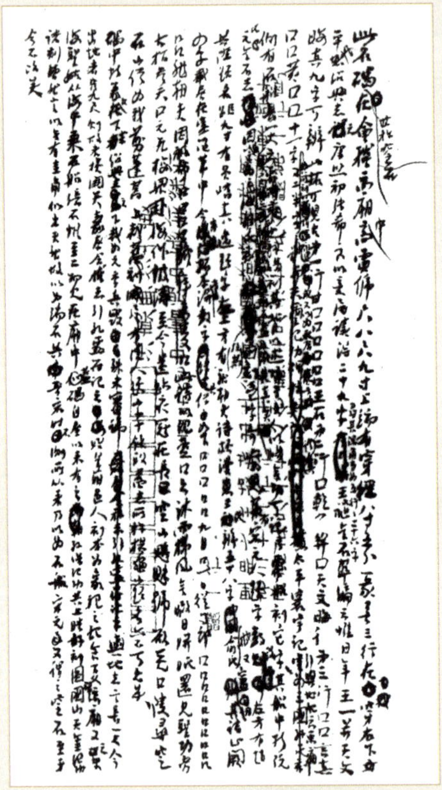

⊙ 鲁迅《大禹石考》手稿

舜爷坐在龙位上，原已有了年纪，不免觉得疲劳，这时又似乎有些惊骇。禹一到，就连忙客气的站起来，行过礼，皋陶先去应酬了几句，舜才说道：

“你也讲几句好话我听呀。”

“哼，我有什么说呢？”禹简截的回答道。“我就是想，每天孳孳！”

“什么叫作‘孳孳’？”皋陶问。

“洪水滔天，”禹说，“浩浩怀山襄陵，下民都浸在水里。我走旱路坐车，走水路坐船，走泥路坐橇，走山路坐轿。到一座山，砍一通树，和益俩给大家有饭吃，有肉吃。放田水入川，放川水入海，和稷俩给大家有难得的东西吃。东西不够，就调有余，补不足。搬家。大家这才静下来了，各地方成了个样子。”

“对啦对啦，这些话可真好！”皋陶称赞道。

“唉！”禹说。“做皇帝要小心，安静。对天有良心，天才会仍旧给你好处！”

舜爷叹一口气，就托他管理国家大事，有意见当面讲，不要背后说坏话。看见禹都答应了，又叹一口气，道：“莫像丹朱的不听话，只喜欢游荡，旱地上要撑船，在家里又捣乱，弄得过不了日子，这我可真看的不顺眼！”

“我讨过老婆，四天就走，”禹回答说。“生了阿启，也不当他儿子看。所以能够治了水，分作五圈，简直有五千里，计十二州，直到海边，立了五个头领，都很好。只是有苗可不行，你得留心点！”

“我的天下，真是全仗的你的功劳弄好的！”舜爷也称赞

⊙鲁迅笔名印谱“何家干”

【读书知味】

大禹回城以后的变化，尤其是做起祭祀和法事这点上，暗示着他在已经形成庞大习惯势力的官僚体系包裹中，身上的务实与韧性在一点点消磨。这与辛亥革命后走上高位的革命党，抵不住当地的乡绅、旧官员的精神和物质的腐蚀，在习惯势力之中沆瀣一气的历史，有着惊人的映照，也体现了鲁迅作品一贯的思想深度。 >>

道。

于是皋陶也和舜爷一同肃然起敬，低了头；退朝之后，他就赶紧下一道特别的命令，叫百姓都要学禹的行为，倘不然，立刻就算是犯了罪。

这使商家首先起了大恐慌。但幸而禹爷自从回京以后，态度也改变一点了：吃喝不考究，但做起祭祀和法事来，是阔绰的；衣服很随便，但上朝和拜客时候的穿著，是要漂亮的。所以市面仍旧不很受影响，不多久，商人们就又说禹爷的行为真该学，皋爷的新法令也很不错；终于太平到连百兽都会跳舞，凤凰也飞来凑热闹了。

一九三五年十一月作。

妙笔寻味

《故事新编》里很多的人物形象，都可以找到“生活原型”，就像《理水》这篇小说，其中“文化山”“红鼻头”“禹是一只虫”等等，都是与鲁迅同时代某人的“语录”。但是，如果单纯把这些小说看作鲁迅“人身攻击”的工具，那就真和《理水》中文化山上那些老学究要划等号了。因为鲁迅小说的人物形象往往是“杂取种种，合成一个”——关于这个方法，鲁迅曾这样解释：

作家的取人为模特儿，有两法。一是专用一个人，言谈举动，不必说了，连微细的癖性，衣服的式样，也不加改变……二是杂取种种人，合成一个，从和作者相关的人们里去找，是不能发见切合的了。但因为“杂取种种人”，一部分相像的人也就更其多数，更能招致广大的惶怒。我是一向取后一法的，当初以为可以不触犯某一个人，后来

才知道倒触犯了一个以上，真是“悔之无及”，既然“无及”，也就不悔了。（节选自《〈出关〉的“关”》）

如何能够做到“杂取种种，合成一个”呢？鲁迅先生在《我怎么做起小说来》中，给了读者答案：

所写的事迹，大抵有一点见过或听到过的缘由，但决不全用这事实，只是采取一端，加以改造，或生发开去，到足以几乎完全发表我的意思为止。人物的模特儿也一样，没有专用过一个人，往往嘴在浙江，脸在北京，衣服在山西，是一个拼凑起来的脚色。有人说，我的那一篇是骂谁，某一篇又是骂谁，那是完全胡说的。

以《理水》这篇小说为例，作者把住在不同地理环境的人，作为中国社会几类典型的人类标本来描写——文化山上饱食终日，成天研究一些无聊学问，与民众严重脱节的“宿儒”；挣扎在木排上，食不果腹、生活在水深火热之中却奴性十足的愚民；坐在大船上、不顾民众死活的“体察民情”的钦差；京都大宅之内，只知道粉饰太平、醉生梦死、抱残守缺的无聊大臣；最后就是那些尽管身居高位，却常年深入到民间，不辞辛劳、勇于开拓的实干者。作者把能够充分展现这几类人特点的生活环境、语言、行为浓缩到几个有代表性的人物身上——比如文化山的鸟头先生、大船上的钦差、被打了一个大疙瘩的“群众代表”、京都的几个官员等，当这些人物闯入不符合的生活环境时，就形成了强烈的戏剧化场景——比如在木排上的“群众代表”上了大船，深入民间、务实勤奋的大禹闯入京都大宅，通过这些典型环境里“闯入”的典型人物，达到作者表现这个人物所代表的一个阶层、一类人群特点与本质的目的。

作为初学创作的青少年来说，在观察人物、积累写作素材时，“杂取种种，合成一个”，也是一个很好的写作方法。简单地说，我们在观察生活、寻找写作素材时，通常会经历个别到一般，再从一般到个别的过程。个别是说我们找到一个个性鲜明、经历丰富、能够让人印象深刻的人物，一般就是找到这个人物和其他一些人身上的共性，这些共性背后展现的社会生活的哪些方面，最后的个别是为了突出这样的共性，把能够展现这些共性的一类人的素材集中到这个或这群人物身上，让人物的形象塑造得更为鲜明、突出。

请参照鲁迅这种“杂取种种，合成一个”的方法，来试写一段话，以描写某一类人群的一个典型代表人物形象。

女吊

女吊是鲁迅最喜欢的两个鬼之一，因为在女吊身上，鲁迅看到了复仇的勇气，听到了从黑暗之中发出的嘶鸣。这篇文章写于鲁迅逝世前一个月，此时鲁迅或许已经感受到了死亡的气息，所以他要通过女吊发出他最后的声音，把他剩余的生命力燃烧殆尽。

⊙鲁迅在厦门大学任教时编写的讲义《中国文学史略》部分手稿

【读书知味】

“会稽乃报仇雪耻之乡，非藏垢纳污之地！”，用一位壮烈殉国的越人老乡的豪言壮语作为文章的开篇，作者对故乡拥有这样的民族精神的自豪之情溢于言表，这也是全文的文眼所在。紧随其后，作者引出一个集中表现这种民族精神的文艺形象——女吊，并点出女吊身上三个闪光点——带复仇性，比别的一切鬼魂更美、更强。作者对女吊的喜爱就显而易见了。 ››

女吊[1]

大概是明末的王思任[2]说的罢："会稽乃报仇雪耻之乡，非藏垢纳污之地！"这对于我们绍兴人很有光彩，我也很喜欢听到，或引用这两句话。但其实，是并不的确的；这地方，无论为那一样都可以用。

不过一般的绍兴人，并不像上海的"前进作家"那样憎恶报复，却也是事实。单就文艺而言，他们就在戏剧上创造了一个带复仇性的，比别的一切鬼魂更美，更强的鬼魂。这就是"女吊"。我以为绍兴有两种特色的鬼，一种是表现对于死的无可奈何，而且随随便便的"无常"，我已经在《朝华夕拾》里得了绍介给全国读者的光荣了，这回就轮到别一种。

"女吊"也许是方言，翻成普通的白话，只好说是"女性的吊死鬼"。其实，在平时，说起"吊死鬼"，就已经含有"女性的"的意思的，因为投缳而死者，向来以妇人女子为最多。有一种蜘蛛，用一枝丝挂下自己的身体，悬在空中，《尔雅》[3]

① 本篇最初发表于1936年10月5日《中流》半月刊第一卷第三期。

② 王思任（1574—1646）：字季重，浙江山阴（今绍兴）人，明末官九江佥事。弘光元年（1645）清兵破南京，明朝宰相马士英逃往浙江，王思任写信骂他。后来鲁王监国于绍兴，王思任曾为礼部尚书，不久，绍兴城破，绝食而死。

③《尔雅》：我国最早的辞书，儒家经典之一。下文的"蚬，缢女"，见《尔雅·释虫》。

⊙ 鲁迅笔名印谱“旅隼”

【读书知味】

《女吊》作为一出目连戏，除了请神，还请“横死的怨鬼”。下文中对“起殇”这一称呼的分析，说明此处横死的怨鬼指的正是那些为国牺牲的家乡英灵，既引出绍兴社戏形成的历史根源，也再一次强调了越人（绍兴人）品格中不畏强权，敢于复仇的精神。 ››

上已谓之“蚬，缢女”，可见在周朝或汉朝，自经[1]的已经大抵是女性了，所以那时不称它为男性的“缢夫”或中性的“缢者”。不过一到做“大戏”或“目连戏”[2]的时候，我们便能在看客的嘴里听到“女吊”的称呼。也叫作“吊神”。横死的鬼魂而得到“神”的尊号的，我还没有发见过第二位，则其受民众之爱戴也可想。但为什么这时独要称她“女吊”呢？很容易解：因为在戏台上，也要有“男吊”出现了。

我所知道的是四十年前的绍兴，那时没有达官显宦，所以未闻有专门为人（堂会？）的演剧。凡做戏，总带着一点社戏性，供着神位，是看戏的主体，人们去看，不过叨光[3]。但“大戏”或“目连戏”所邀请的看客，范围可较广了，自然请神，而又请鬼，尤其是横死的怨鬼。所以仪式就更紧张，更严肃。一请怨鬼，仪式就格外紧张严肃，我觉得这道理是很有趣的。

也许我在别处已经写过。“大戏”和“目连”，虽然同是演给神，人，鬼看的戏文，但两者又很不同。不同之点：一在演员，前者是专门的戏子，后者则是临时集合的Amateur[4]——农民和工人；一在剧本，前者有许多种，后者却好歹总只演一本《目连救母记》。然而开场的“起殇”，中间的鬼魂时时出现，收场的好人升天，恶人落地狱，是两者都一样的。

当没有开场之前，就可看出这并非普通的社戏，为的是台

① 自经：同“自缢”，指上吊自杀。
② “大戏”或“目连戏”：都是绍兴的地方戏。
③ 叨光：客套话，沾光。
④ Amateur：指业余从事文艺、科学或体育运动的人。这里用作业余演员的意思。

⊙鲁迅大陆新村寓所二楼卧室兼工作室

【读书知味】

薄暮的环境，烘托了鬼王的神秘；蓝面鳞纹描绘了鬼王的神采；捏着钢叉，骑着马，带着“义勇鬼”疾驰到野外无主孤坟，展现了鬼王的威风。这样的神秘与威风，让台下的孩子也受到感染，勇敢地和鬼王驰向本来应该让人感觉非常恐怖的野外坟地，勇敢地用钢叉向坟地“掷刺”，大叫，孩子的表现如众星捧月一般更衬托了鬼王的神采飞扬。 >>

两旁早已挂满了纸帽，就是高长虹之所谓“纸糊的假冠”①，是给神道和鬼魂戴的。所以凡内行人，缓缓的吃过夜饭，喝过茶，闲闲而去，只要看挂着的帽子，就能知道什么鬼神已经出现。因为这戏开场较早，“起殇”在太阳落尽时候，所以饭后去看，一定是做了好一会了，但都不是精彩的部分。“起殇”者，绍兴人现已大抵误解为“起丧”，以为就是召鬼，其实是专限于横死者的。《九歌》②中的《国殇》云：“身既死兮神以灵，魂魄毅兮为鬼雄”，当然连战死者在内。明社垂绝，越人起义而死者不少，至清被称为叛贼，我们就这样的一同招待他们的英灵。在薄暮中，十几匹马，站在台下了；戏子扮好一个鬼王，蓝面鳞纹，手执钢叉，还得有十几名鬼卒，则普通的孩子都可以应募。我在十余岁时候，就曾经充过这样的义勇鬼，爬上台去，说明志愿，他们就给在脸上涂上几笔彩色，交付一柄钢叉。待到有十多人了，即一拥上马，疾驰到野外的许多无主孤坟之处，环绕三匝，下马大叫，将钢叉用力的连连掷刺在坟墓上，然后拔叉驰回，上了前台，一同大叫一声，将钢叉一掷，钉在台板上。我们的责任，这就算完结，洗脸下台，可以回家了，但倘被父母所知，往往不免挨一顿竹篠（这是绍兴打孩子的最普通的东西），一以罚其带着鬼气，二以贺其没有跌死，但我却幸而从来没有被觉察，也许是因为得了恶鬼保佑的缘故罢。

---

① “纸糊的假冠”：高长虹在1925年11月7日《狂飙周刊》第五期上发表的《1925北京出版界形势指掌图》中攻击鲁迅说：“实际的反抗者（按：指女师大学生）从哭声中被迫出校后……鲁迅遂戴其纸糊的权威者的假冠入于心身交病之状况矣！”

② 《九歌》：我国古代楚国人民祭神的歌词。计十一篇，相传为屈原所作。《国殇》是对阵亡将士的颂歌。

⊙ 女吊剧照

这一种仪式，就是说，种种孤魂厉鬼，已经跟着鬼王和鬼卒，前来和我们一同看戏了，但人们用不着担心，他们深知道理，这一夜决不丝毫作怪。于是戏文也接着开场，徐徐进行，人事之中，夹以出鬼：火烧鬼，淹死鬼，科场鬼（死在考场里的），虎伤鬼……孩子们也可以自由去扮，但这种没出息鬼，愿意去扮的并不多，看客也不将它当作一回事。一到“跳吊”时分——“跳”是动词，意义和“跳加官”[①]之“跳”同——情形的松紧可就大不相同了。台上吹起悲凉的喇叭来，中央的横梁上，原有一团布，也在这时放下，长约戏台高度的五分之二。看客们都屏着气，台上就闯出一个不穿衣裤，只有一条犊鼻裈[②]，面施几笔粉墨的男人，他就是“男吊”。一登台，径奔悬布，像蜘蛛的死守着蛛丝，也如结网，在这上面钻，挂。他用布吊着各处：腰，胁，胯下，肘弯，腿弯，后项窝……一共七七四十九处。最后才是脖子，但是并不真套进去的，两手扳着布，将颈子一伸，就跳下，走掉了。这“男吊”最不易跳，演目连戏时，独有这一个脚色须特请专门的戏子。那时的老年人告诉我，这也是最危险的时候，因为也许会招出真的“男吊”来。所以后台上一定要扮一个王灵官[③]，一手捏诀，一手执鞭，目不转睛的看着一面照见前台的镜子。倘镜中见有两个，那么，

① “跳加官”：旧时在戏剧开场演出以前，常由演员一人戴面具（即“加官脸”），穿袍执笏，手里拿着写有“天官赐福”“指日高升”等吉利话的条幅，在场上回旋舞蹈，称为跳加官。

② 犊鼻裈（kūn）：原出《史记·司马相如传》，这里是指绍兴一带称为牛头裤的一种短裤。

③ 王灵官：相传是北宋末年的方士，明宣宗时封为隆恩真君。后来道观中都奉为镇山门之神。

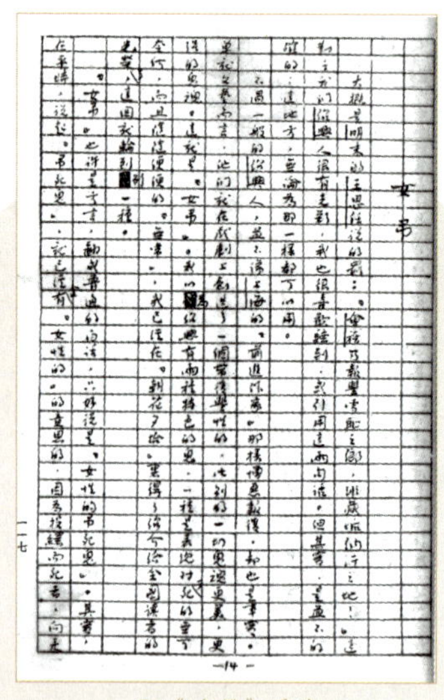

女吊

大概是明末的王思任说的罢："会稽乃报仇雪耻之乡，非藏垢纳污之地！"这对于我们绍兴人很有光彩，我也很喜欢听到，或引用这两句话。但其实，是并不的确的；这地方，无论为那一样都可以用。

不过一般的绍兴人，并不像上海的"前进作家"那样憎恶报复，却也是事实。单就文艺而言，他们就在戏剧上创造了一个带复仇性的，比别的一切鬼魂更美，更强的鬼魂。这就是"女吊"。我以为绍兴有两种特色的鬼，一种是表现对于死的无可奈何，而且随随便便的"无常"，我已经在《朝花夕拾》里得了绍介给全国读者的光荣了，这回就轮到别一种。

"女吊"也许是方言，翻成普通的白话，只好说是"女性的吊死鬼"。其实，在平时，说起"吊死鬼"，就已经含有"女性的"的意思的，因为投缳而死者，向来

—14—

一一七

⊙《女吊》手稿

【读书知味】

面对"前进"的文学家和"战斗"的勇士们，为"自己鬼"进行辩护，不仅是借题发挥、讽刺论敌，对"自己鬼"的偏爱之情也在这些辩护中自然流露。这种全力维护之态，是不是有点"粉丝"维护"爱豆"的感觉？

››

一个就是真鬼了，他得立刻跳出去，用鞭将假鬼打落台下。假鬼一落台，就该跑到河边，洗去粉墨，挤在人丛中看戏，然后慢慢的回家。倘打得慢，他就会在戏台上吊死；洗得慢，真鬼也还会认识，跟住他。这挤在人丛中看自己们所做的戏，就如要人下野而念佛，或出洋游历一样，也正是一种缺少不得的过渡仪式。

这之后，就是“跳女吊”。自然先有悲凉的喇叭；少顷，门幕一掀，她出场了。大红衫子，黑色长背心，长发蓬松，颈挂两条纸锭，垂头，垂手，弯弯曲曲的走一个全台，内行人说：这是走了一个“心”字。为什么要走“心”字呢？我不明白。我只知道她何以要穿红衫。看王充[①]的《论衡》，知道汉朝的鬼的颜色是红的，但再看后来的文字和图画，却又并无一定颜色，而在戏文里，穿红的则只有这“吊神”。意思是很容易了然的；因为她投缳之际，准备作厉鬼以复仇，红色较有阳气，易于和生人相接近，……绍兴的妇女，至今还偶有搽粉穿红之后，这才上吊的。自然，自杀是卑怯的行为，鬼魂报仇更不合于科学，但那些都是愚妇人，连字也不认识，敢请“前进”的文学家和“战斗”的勇士们不要十分生气罢。我真怕你们要变呆鸟。

她将披着的头发向后一抖，人这才看清了脸孔：石灰一样白的圆脸，漆黑的浓眉，乌黑的眼眶，猩红的嘴唇。听说浙东的有几府的戏文里，吊神又拖着几寸长的假舌头，但在绍兴没

① 王充（27—约97）：字仲任，会稽上虞（今属浙江）人，东汉思想家和散文家。《论衡》是他的论文集，今存八十四篇。

⊙许钦文《故乡》封面画《大红袍》即来源于绍兴的“女吊”形象

【读书知味】

披着的头发，石灰一样白的圆脸，漆黑的浓眉，乌黑的眼眶，猩红的嘴唇，配上前边的装扮，女吊红与黑的主色调，衬托出惨白的面庞。一个恐怖的女鬼，在鲁迅笔下竟然有了都市烈焰红唇的时髦女郎的风致，应该略略向上的嘴角，在鲁迅笔下都不是“丑模样”，极致渲染了女吊彻底的“时髦”与可爱。

>>

有。不是我袒护故乡，我以为还是没有好；那么，比起现在将眼眶染成淡灰色的时式打扮来，可以说是更彻底，更可爱。不过下嘴角应该略略向上，使嘴巴成为三角形：这也不是丑模样。假使半夜之后，在薄暗中，远处隐约着一位这样的粉面朱唇，就是现在的我，也许会跑过去看看的，但自然，却未必就被诱惑得上吊。她两肩微耸，四顾，倾听，似惊，似喜，似怒，终于发出悲哀的声音，慢慢地唱道：

“奴奴本是杨家女①，

呵呀，苦呀，天哪！……”

下文我不知道了。就是这一句，也还是刚从克士②那里听来的。但那大略，是说后来去做童养媳，备受虐待，终于弄到投缳。唱完就听到远处的哭声，这也是一个女人，在衔冤悲泣，准备自杀。她万分惊喜，要去“讨替代”了，却不料突然跳出“男吊”来，主张应该他去讨。他们由争论而至动武，女的当然不敌，幸而王灵官虽然脸相并不漂亮，却是热烈的女权拥护家，就在危急之际出现，一鞭把男吊打死，放女的独去活动了。老年人告诉我说：古时候，是男女一样的要上吊的，自从王灵官打死了男吊神，才少有男人上吊；而且古时候，是身上有七七四十九处，都可以吊死的，自从王灵官打死了男吊神，致命处才只在脖子

① 杨家女：应为良家女。据目连戏的故事说：她幼年时父母双亡，婶母将她领给杨家做童养媳，后又被婆婆卖入妓院，终于自缢身死。在目连戏中，她的唱词是：“奴奴本是良家女，将奴卖入勾栏里；生前受不过王婆气，将奴逼死勾栏里。阿呀，苦呀，天哪！将奴逼死勾栏里。”

② 克士：周建人的笔名。周建人（1888—1984），字乔峰，生物学家。鲁迅的三弟。当时任商务印书馆编辑。

⊙1936年3月23日，鲁迅大病后摄于大陆新村寓所门口

【读书知味】

反对“讨替代”而不反对复仇，作者的是非判断和故乡的村姑乡妇是一致的，他们的共同点就是没有害过人，所以不反对复仇，更不怕复仇，大有“不做亏心事，不怕鬼叫门”的意思，反映了民间文化对作者的积极影响。

››

上。中国的鬼有些奇怪，好像是做鬼之后，也还是要死的，那时的名称，绍兴叫作“鬼里鬼”。但男吊既然早被王灵官打死，为什么现在“跳吊”，还会引出真的来呢？我不懂这道理，问问老年人，他们也讲说不明白。

而且中国的鬼还有一种坏脾气，就是“讨替代”，这才完全是利己主义；倘不然，是可以十分坦然的和他们相处的。习俗相沿，虽女吊不免，她有时也单是“讨替代”，忘记了复仇。绍兴煮饭，多用铁锅，烧的是柴或草，烟煤一厚，火力就不灵了，因此我们就常在地上看见刮下的锅煤。但一定是散乱的，凡村姑乡妇，谁也决不肯省些力，把锅子伏在地面上，团团一刮，使烟煤落成一个黑圈子。这是因为吊神诱人的圈套，就用煤圈炼成的缘故。散掉烟煤，正是消极的抵制，不过为的是反对“讨替代”，并非因为怕她去报仇。被压迫者即使没有报复的毒心，也决无被报复的恐惧，只有明明暗暗，吸血吃肉的凶手或其帮闲们，这才赠人以“犯而勿校”或“勿念旧恶”①的格言，——我到今年，也愈加看透了这些人面东西的秘密。

九月十九——二十日。

① “犯而勿校”或“勿念旧恶”：“犯而勿校”语出《论语·泰伯》，意思为受到别人的触犯或无礼也不计较。校，计较的意思。“勿念旧恶”，语出《论语·公冶长》，意思是不要老是想着别人过去的坏处。

妙笔寻味

《女吊》可以说是《无常》的姊妹篇，内容上相互呼应与补充，大可放在一起读。这两篇文章的写作相隔十年——《无常》写于 1926 年，《女吊》写于 1936 年。前者是鲁迅大病以后写作的，后者写于鲁迅逝世前一个月。尽管相隔十年，鲁迅对故乡社戏里的这两个角色，都是由衷的喜爱。他在逝世前两天接待了鹿地亘与池田幸子夫妇，在提到不久前写作的《女吊》时，“脸部全被笑意挤成皱纹了”（池田幸子：《鲁迅的最后一天》）。鲁迅曾经说自己身上有“鬼气”，看来不是说说而已的。

神、鬼皆是人的创造，他们的出现，满足了人们在现实中无法实现的精神欲望，是人的理想、愿望在鬼神世界的投射。鲁迅笔下的无常和女吊，能够如此神采飞扬，让读者印象深刻，最重要的是鲁迅写出了在他们身上鲜活的人性与独特的鬼性，两者结合产生了独特魅力。

鲁迅笔下的鬼不仅充满魅力，而且还有着可亲可爱的一面，这主要得益于作者用大量的笔墨描写了那些看社戏的观众，他们和演员之间亲密的互动呈现出人性的美好。在《女吊》描写的社戏表演中，观众和演员之间、鬼与人之间，常常是水乳交融，甚至是相互转化的。观众可以去扮演戏台上的鬼，戏台上扮演鬼的演员有时也会跑下台，混在人群里“冒充”普通观众避难——因为大家相信演到高潮之处，真的会把鬼引来“讨替代”。这和小孩子为了躲避家长惩罚的做法如出一辙，这样的描写充满了生活情趣。鲁迅笔下的鬼并不是完美的：无常也有出于同情而不能铁面无私的时候，女吊会有为了“讨替代”而暂时忘了复仇的时候，但正是因为他们的不完美，才让他们更为接近人，让这些鬼的形象更为可亲。

最为可贵的是，作者还带领大家走近中国古代典籍和绍兴的历史，追根溯源，让读者看到这些鬼神表现出来的绍兴地域文化的独特魅力——作为报仇雪耻之乡，嫉恶如仇的刚烈与直面生死的坦然。对“起殇”这一称呼的分析，引出绍兴社戏形成的历史根源——招待那些为国牺牲的家乡英灵，再一次强调了越人（绍兴人）品格中不畏强权，敢于复仇的精神。引用屈原《九歌》中的《国殇》，既是借屈原名句表达对这种精神的崇敬，也表现了这种精神并非孤例，而是渗透进中华民族血液中，在文化中一脉相承。

无论写人，还是写神、写鬼，不仅要抓住主人公身上有别于其他人的个性（鬼神则为神性或鬼性），也要抓住主人公身上与常人紧密相连的共性（神鬼角色通常的共性是人性），这两方面都有充分的体现，才会让我们的主人公形象更加丰满、真实、富有感染力。

介绍一个令你印象深刻的鬼（神）的形象，注意描写出他（她）的鬼（神）性、人性。

图书在版编目（CIP）数据

鲁迅谈世间万物 / 刘晴编著. -- 昆明 : 云南教育出版社, 2019.7
（三味书屋读鲁迅）
ISBN 978-7-5599-1309-8

Ⅰ. ①鲁… Ⅱ. ①刘… Ⅲ. ①鲁迅小说 – 小说评论 Ⅳ. ①I210.97

中国版本图书馆CIP数据核字(2019)第142421号

三味书屋读鲁迅
鲁迅谈世间万物
Sanwei Shuwu Du Luxun
Luxun Tan Shijian Wanwu

刘晴 / 编著

出 版 人：胡　平
策　　划：孟凡丽　　责任编辑：杨　颖
项目统筹：袁　毅　　装帧设计：赵东方
项目执行：王　艳　郭　优　　美术编辑：米晓芳

云南出版集团公司 / 云南教育出版社
昆明市环城西路 609 号
http://www.yneph.com
全国新华书店
三河市兴博印务有限公司
开本 / 880 毫米 ×1230 毫米　1/32　印张 / 6.875　字数 / 145 千字
版次 / 2019 年 12 月第 1 版　印次 / 2019 年 12 月第 1 次印刷
ISBN 978-7-5599-1309-8
定价：39.00 元